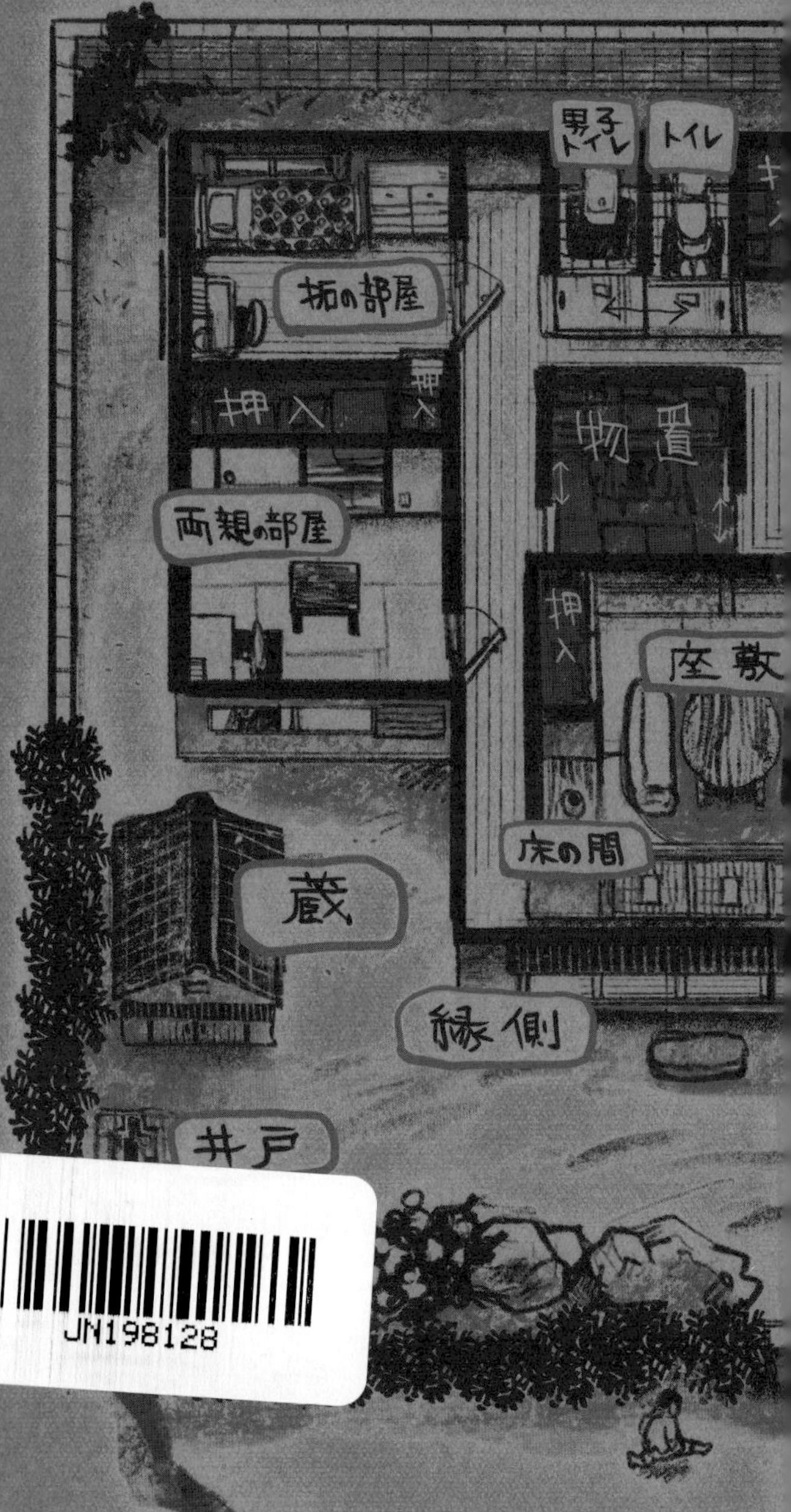

男子トイレ
トイレ
拓の部屋
押入
押入
物置
両親の部屋
押入
座敷
床の間
蔵
縁側
井戸

家守神《いえもりがみ》

5 忍《しの》びの里《さと》の青《あお》い影《かげ》

おおぎやなぎちか〔作〕
トミイマサコ〔絵〕

もくじ

一　春休みのはじまり……6
二　勘兵衛《かんべえ》のふるさと……12
三　枕屏風《まくらびょうぶ》の不思議……26
四　戸隠《とがくし》へ出発！……40
五　ゆらめく青い影《かげ》……52
六　もうひとつの枕屏風《まくらびょうぶ》……71

七　道がふたたび！……91
八　戸《と》隠《がくし》の春……106
九　忍《にん》法《ぽう》墨《すみ》流《なが》しの術《じゅつ》……116
十　ふたつの家のつながり……123
十一　歌って踊《おど》ろう……139
十二　やってみる！……159
十三　お蝶《ちょう》さんの強さ……175
十四　ふたたび戸《と》隠《がくし》へ……187
エピローグ……207

これまでのお話

ぼくは拓《たく》。ママの再婚《さいこん》で引《ひ》っ越《こ》してくることになった下町の古い家「佐伯《さえき》家」には、家を百年守りつづける不思議な存在《そんざい》〈家守神《いえもりがみ》〉がひそんでいた！　冬休みに「おもちゃのホシノ」でおこった不思議な出来事は、みんなで力を合わせて、なんとか解決《かいけつ》できた。

そのとき、将来《しょうらい》のことに悩《なや》んでいたぼくは、みんなの意外な気持ちを知って勇気をもらったんだ。冬も終わり、もうすぐ東京ですごすはじめての春休み。これから先、どんな日々が待っているんだろう…。

人に心があるように、物《もの》の怪《け》、妖《あやかし》、妖怪《ようかい》たちにも心がある。
人を憎《にく》むもの、恨《うら》むもの。
人を恋《こ》うもの、守りたいと思うもの。
さまざまな力を持っている彼《かれ》らが、その力をどう使うのかは、心次第《しだい》。
そしてその心のありようは、人との関わり次第《しだい》ということか。

（『面妖《めんよう》な日々』三枝面妖《さえぐさめんよう》／著《ちょ》）

一　春休みのはじまり

わっ、おいしそう。

「お昼だぞ」とおじいちゃんに呼《よ》ばれ、リビングに行ったぼくは、皿にこんもりと盛《も》られたオムライスに目を見はった。菜の花のおひたしが添《そ》えられていて、色どりが春だ。

五年生の修了式《しゅうりょうしき》が終わり、きょうは春休み初日。ママとおとうさんは仕事なので、おじいちゃん、おばあちゃんと三人でテーブルをかこむ。

「いただきまーす」

ほわほわの玉子にくるまれたチキンライスを口に入れたとたん、幸せな気持ちになる。

「あ、そうだったわ」

ぼくがオムライスを食べていると、おばあちゃんがなにか思いだしたように、はしを置き、チラシを一枚《まい》持ってきた。

「拓《たく》ちゃん、わたしと長野に行かない？」

長野って、長野県？

見ると、そのチラシには、

――戸隠《とがくし》体験ツアー・一泊《ぱく》二日　小学生
モニター募集《ぼしゅう》　くるみ屋

春の戸隠《とがくし》を体験してみよう！

とある。忍者装束《にんじゃしょうぞく》の子どものイラストが大きく描《か》かれていた。

体験？　戸隠《とがくし》？　モニター？

？マークばかりが頭に浮《う》かび、首をかしげる。

「さっきファックスで送られてきたやつか」

おじいちゃんが、はしで菜の花のおひたしを口に運びながらそういい、おばあちゃんが「ふふっ」と肩《かた》をすくめた。

「くるみ屋って、わたしの実家でね。長野県戸隠《とがくし》山のふもとにある旅館なの。女将《おかみ》をしてた妹が去年引退《いんたい》して、今はその娘《むすめ》が女将《おかみ》。妹は大女将《おおおかみ》として、いそがしいときだけ手伝ってるのよ」

おどろいて、口に運びかけていたスプーンが宙《ちゅう》で止まった。

八ヶ月まえにママが再婚《さいこん》して、ぼくは新しいおとうさんの家である、ここ佐伯《さえき》家に引《ひ》っ越《こ》してきた。東京の下町にある築《ちく》百年の古い家だ。最初はいろいろとまどうことがあったけど、もうすっかり家族の一員になっている。でもまだ知らないことがあったんだ。おばあちゃんの実家が旅館なんて初耳だ。

オムライスを食べながら、おばあちゃんの説明を聞いた。

長野県の旅行会社が小学生対象《たいしょう》の夏休みスペシャル体験ツアーを企画《きかく》して、対《たい》応《おう》できる旅館を募集《ぼしゅう》している。くるみ屋も登録しようと思っているが、そのまえに小学生に来てもらって実際《じっさい》に試《ため》したいのだという。モニターとして、ツアーの感想を伝えてほしいんだって。

「それで、拓《たく》ちゃんに白羽の矢が立ったというわけ」

「シラハノヤ？」

「選ばれたってことだ」

おじいちゃんが教えてくれた。へえ、なんかうれしいな。

「ぼく、行ってみたい」

「よかった。拓《たく》ちゃんのお友だちにも声をかけてと頼《たの》まれたの。風花《ふうか》ちゃんや平《ひら》井《い》くんも、いっしょに行ってくれないかしら。宿泊《しゅくはく》は無料なの。でも交通費《ひ》はかかるから、わたしが、ふたりのおうちの方におうかがいするけど」

「おばあちゃん、それ、お願い！　あっ、チラシに忍者《にんじゃ》の絵があるね。もしかして忍者《にんじゃ》体験？」

「戸隠山《とがくし》には、むかし忍者《にんじゃ》がいたのよ。観光客に人気の忍者屋敷《にんじゃやしき》もあるんだけど、雪が多いところだから、四月末までは閉《し》まっているの。夏のツアーには、忍者屋《にんじゃや》敷《しき》体験を入れるつもりなんじゃないかしら。今回は陶芸《とうげい》体験を考えてるって、妹が電話でいってたわ」

「おれも行きたいが、町内のそば打ち講習《こうしゅう》会で講師《こうし》をすることになってるんだ。長野のそばは、うまいぞ。拓《たく》、おじいちゃんの代わりに食べてきてくれ」

会社を定年退職《たいしょく》したあと、おじいちゃんはそば打ちの修業《しゅぎょう》をし、今では週に何日か近所の商店街のそば屋さんで腕《うで》をふるっている。

小学校教師《きょうし》のおとうさんは新年度準備《じゅんび》で春休みでもいそがしそうだし、ママも看護《かんご》師《し》の仕事がある。

つまり、同行できるおとなはおばあちゃんだけということだ。

さっそく、おばあちゃんが、雨宮風花《あまみやふうか》の家である美容室《びようしつ》クララに連絡《れんらく》を入れた。平井新之介《ひらいしんのすけ》の両親は会社勤《づと》めだから、夜に電話をすることにした。

風花《ふうか》は大乗り気で、おかあさんからも了解《りょうかい》をもらえたみたい。風花《ふうか》のことが好きな平井《ひらい》がこのチャンスを逃《のが》すはずはない。たとえ塾《じゅく》があったとしても、きっと両親を説得《せっとく》すると思う。

ぼくも春休みに、おばあちゃん、そして風花《ふうか》と平井《ひらい》とで旅行に行けるのは、わくわくする。

二　勘《かん》兵《べ》衛《え》のふるさと

おじいちゃんはそば打ち講習会《こうしゅう》の打ち合わせに行き、おばあちゃんは食事のあとかたづけをはじめた。

「たっくん！」

そしてぼくがリビングから自分の部屋へ行こうと、廊下《ろうか》にさしかかったとき、赤い半透明《はんとうめい》なものが飛びだしてきた。赤い着物を着た女の子、金魚《きんぎょ》ちゃんだ。

金魚《きんぎょ》ちゃんはぼくをすりぬけて、ぴょんぴょんと廊下《ろうか》を走りまわる。

おっとっと。

手にしていたチラシを落としかけて、あわてて持ちなおした。

ぼくをすり抜《ぬ》けていった金魚《きんぎょ》ちゃんは、人ではない。掛《か》け軸《じく》のつくも神《がみ》だ。

人に作られた物が百年経《た》つと魂《たましい》を宿し、つくも神《がみ》という妖怪《ようかい》になるといわれている。室町時代の絵巻物《えまきもの》にも描《えが》かれている、古くからある妖怪《ようかい》の一種だ。

ここ佐伯《さえき》家にも、江戸《えど》時代に作られ、つくも神《がみ》となった花瓶《かびん》や急須《きゅうす》、掛《か》け軸《じく》や襖《ふすま》がある。

不思議な力をもつ江戸《えど》時代の絵師《えし》、信山勘兵衛《しのやまかんべえ》の作品で、佐伯《さえき》家のご先祖《せんぞ》である佐太吉《さたきち》さん（ぼくのおじいちゃんのひいおじいちゃん）が集めたものだ。

描《えが》かれた絵が物から抜《ぬ》けでて、人の姿《すがた》に変化《へんげ》できる。彼《かれ》らは佐伯《さえき》家の守り神「家守神《いえもりがみ》」として家を守ってきたのだ。そのひとりである金魚《きんぎょ》ちゃんは掛《か》け軸《じく》に描《えが》かれた赤い金魚が飛びはねるように抜《ぬ》けでて、女の子に姿《すがた》を変える。

「お蝶《ちょう》姉さんってば、おらと遊んでけね（くれない）んだよ」

金魚《きんぎょ》ちゃんがほおをふくらませ、秋田弁《べん》で訴《うった》えてきた。金魚《きんぎょ》ちゃんは、江戸《えど》時代、秋田のお殿様《とのさま》のところにいたことがあるため、話し言葉が秋田弁《べん》だ。

座敷《ざしき》に入っていくと、蝶《ちょう》が描《えが》かれた急須《きゅうす》のつくも神《がみ》であるお蝶《ちょう》さんが、襖《ふすま》のつくも神《がみ》の亀吉《かめきち》さんに手伝ってもらいながら、むずかしそうな本を読んでいた。もうひとりの襖《ふすま》のつくも神《がみ》である鶴吉《つるきち》さんはひとり掛《が》けソファで足をくみ、花瓶《かびん》のつくも神《がみ》のお藤《ふじ》さんは、ゆったりとソファに寝《ね》そべっていた。みんな描《えが》かれたのは江戸《えど》時代だから、甚兵衛《じんべえ》姿《すがた》の亀吉《かめきち》さん以外は着物を着ていて、お藤《ふじ》さんは日本髪《がみ》を結《ゆ》っている。鶴吉《つるきち》さんの頭のてっぺんに赤いメッシュが入っているのは、本体に描《えが》かれている絵が鶴《つる》だからだ。

そして彼《かれ》らが抜《ぬ》けでた今、本来藤《ふじ》の花の絵がある花瓶《かびん》はのっぺらぼうだし、床《とこ》の間《ま》の掛《か》け軸《じく》には水と水草の絵しかない。急須《きゅうす》や襖《ふすま》も、背景《はいけい》の模様《もよう》や岩の絵があるだけだ。

金魚《きんぎょ》ちゃんは、お蝶《ちょう》さんが相手にしてくれず、ぼくが来るまではむくれて掛《か》け軸《じく》にもどっていたらしい。絵とはいえ水から出てきたばかりなので、足元には水がしたたっていた。

お藤《ふじ》さんと鶴吉《つるきち》さん、そしてお蝶《ちょう》さんは、金魚《きんぎょ》ちゃん同様、人の姿《すがた》に変化《へんげ》したときは半透明《はんとうめい》で人や物をすりぬけるけど、亀吉《かめきち》さんだけは、いつも姿《すがた》がくっきりと見え、ふつうの人間のように実体がある。だから、お蝶《ちょう》さんが読んでいる本のページをめくるのは、亀吉《かめきち》さんの役割《やくわり》なんだ。

古事記
古事記

かつて佐太吉《さたきち》さんの甚兵衛《じんべえ》が襖《ふすま》の亀《かめ》の絵におおいかぶさったことで、亀吉《かめきち》さんはその甚兵衛《じんべえ》姿《すがた》で実体化した。ほかの家守神《いえもりがみ》たちも本体に佐伯《さえき》家の人間の服をまとわせることで、その服を着た姿《すがた》で実体化する。

でも実体化していない家守神《いえもりがみ》が見えるのは、家族ではぼくだけ。金魚《きんぎょ》ちゃんの足元にしたたたっている水も、ぼくにしか見えない（すぐに消えるし）。

彼《かれ》らが家守神《いえもりがみ》となったのは、信山勘兵衛《しのやまかんべえ》という絵師《えし》の力もあるけれど、佐伯《さえき》家の人たちが先祖《せんぞ》代々物を大切にしてきたことも大きいみたい。箱にしまっておかず、床《とこ》の間《ま》に飾《かざ》っているし、ひびが入ってしまったお藤《ふじ》さんの花瓶《かびん》も金継《きんつ》ぎというむかしからある方法で修理《しゅうり》をしている。

そんな佐伯《さえき》家の人たちだから、かんたんに物を捨《す》てたりもしない。ぼくはこのまえ物置で、たくさんの古い本を見つけた。そのなかから、おとうさんが小学生のころに読んだという歴史《れきし》マンガシリーズを見ていたとき、お蝶《ちょう》さんが「あたくし、これを読みたいです」と指さしたのが、今読んでいる本だった。

「金魚《きんぎょ》ちゃん、お蝶《ちょう》さんは勉強したいんだ。えらいと思うよ」

ぼくは、むくれている金魚《きんぎょ》ちゃんをなだめた。

お蝶《ちょう》さんはぼくと金魚《きんぎょ》ちゃんを気にせず、本を読みつづけていた。

佐伯《さえき》家にいる五人の家守神《いえもりがみ》たちのなかで、ひとり、お蝶《ちょう》さんは悲しい過去《かこ》をもっている。

かつて、本体である急須《きゅうす》の口が欠けたため、そこから邪気《じゃき》が入りこみ邪悪《じゃあく》な存在《ざいそん》となってしまったお蝶《ちょう》さんは、佐伯《さえき》家を滅《ほろ》ぼしかけたのだ。ほかの四人の家守神《いえもりがみ》たちは、佐伯《さえき》家を守るため、仲間のお蝶《ちょう》さんを庭にある蔵《くら》に封印《ふういん》した。今、ソファで寝《ね》そべっているお藤《ふじ》さんには、右腕《うで》がない。お蝶《ちょう》さんを蔵《くら》で葛籠《つづら》に閉《と》じこめるときに失ったのだ。

この家に引《ひ》っ越《こ》してきたぼくは、そんなことをまったく知らずに蔵《くら》に入り、その封印《ふういん》を解《と》いてしまって大変な騒動《そうどう》になった。それが夏休みのできごと。ずっとむかしのことのようだけど、半年くらいまえなんだな。

おっと。おそろしい形相《ぎょうそう》になっていたお蝶《ちょう》さんをつい思いだしてしまった。ぶるるっ。

結局、騒動《そうどう》はおさまり、お蝶《ちょう》さんはやさしい心を取りもどすことができた。でも封印《ふういん》されていたのが九十年くらい？　という長い年月だったため、外の世界はものすごく変化していた。テレビ、パソコン、スマホも、お蝶《ちょう》さんは封印《ふういん》が解《と》けてからはじめて見たのだ。

その空白期間をうめるため、ぼくが通っている栄小《サカショー》こと、栄《さかえ》第一小学校まで勉強しに来ることもあったし、家族がいないときには、リビングで新聞を読んでいるときもあった（心やさしい亀吉《かめきち》さんの助けが必要だけど）。

そんなことを思いだしていたら、お蝶《ちょう》さんが顔を上げた。

「拓《たく》さん、その紙はなんですの」

「これ？　おばあちゃんからもらったんだけどね」

チラシをテーブルに広げる。

「長野県にある戸隠《とがくし》山の旅館に泊《と》まりに来ないかって、誘《さそ》われたんだ」

正確《せいかく》には、その山のふもとにある旅館にだけど。

「ああ、そういえば宏子《ひろこ》は信濃《しなの》の出身だったねえ」

お藤《ふじ》さんが起きあがり、つぶやいた。長野県はむかし、信濃《しなの》の国と呼《よ》ばれていたんだ。

「そうでした。長女の宏子《ひろこ》さんが雄吉《ゆうきち》さんと結婚《けっこん》したため、妹さんが旅館をついだんでした」

亀吉《かめきち》さんが、チラシをのぞきこみながらいう。おばあちゃんは、おじいちゃんと結婚《けっこん》してこの家に来た。そのころも、家守神《いえもりがみ》たちは佐伯《さえき》家を見守っていたんだ。

「戸隠《とがくし》は、勘兵衛《かんべえ》のふるさとでもあるしな」

鶴吉《つるきち》さんが、大きくうなずく。

「勘兵衛《かんべえ》!? そういえば、信濃《しなの》から江戸《えど》に出てきた絵師《えし》だって、まえにおじいちゃんに聞いたけど、戸隠《とがくし》がふるさとなの?」

長野県をむかし信濃《しなの》の国といってたというのは、勘兵衛《かんべえ》の話を聞いたときに教えてもらったことだった。

「そうです。信濃《しなの》は山の多い地です。それでこの枕屏風《まくらびょうぶ》に山を描《えが》いたと聞きました」

亀吉《かめきち》さんがいった枕屏風《まくらびょうぶ》というのは長いあいだ佐伯《さえき》家の蔵《くら》に置かれていたものだ。ぼくの背《せ》より低くて、描《えが》かれている山や雲が人に変化《へんげ》することはないけれど、この屏風《びょうぶ》も家守神《いえもりがみ》だ。

「勘兵衛《かんべえ》はまだ子どもだったころに、絵の修業《しゅぎょう》のため江戸《えど》に出てきて、長屋の大家さんや佐伯《さえき》家のご先祖《せんぞ》に助けられ、絵師《えし》として暮《く》らしていました。でもわたしと鶴吉《つるきち》さんを描《えが》いた数年後、ふるさとへの思いが強くなり、わたしたち襖《ふすま》と枕屏風《まくらびょうぶ》を大家さんにたくして戸隠《とがくし》へ帰ったのです」

歴史《れきし》マンガシリーズにもある、ちょんまげを結《ゆ》った武士《ぶし》がいた江戸《えど》時代の話だ。

あれ？

「みんな、そのころは、まだ描《えが》かれて間もないわけでしょ。つくも神《がみ》になってなかったはずだよね。でも記憶《きおく》はあるの？」

「おぼろげにです。感じていたということでしょうか」

「ときに、勘兵衛《かんべえ》の思念が伝わってくることがあったんだ。そのときによって程《てい》度《ど》はさまざまだったがな」

亀吉《かめきち》さんと鶴吉《つるきち》さんが、ぼくの疑問《ぎもん》に答えてくれた。

「戸隠《とがくし》のことでしたら、この本にも書いてありますわよ」

すると、お蝶《ちょう》さんがさっきまで読んでいた本を指さした。『古事記《こじき》』という、日本でもっとも古い書物を、現代《げんだい》文にしている本だった。

「封印《ふういん》が解《と》けてから、ずっと最近のことを勉強してましたけど、このごろちょっと疲《つか》れてきたんですの。それで息抜《いきぬ》きのために、古い書物を読んでましたのよ」

うえっ。漢字がいっぱいだ。ぼくだったら、勉強に疲《つか》れたらマンガを読むか、ゲームをするけど、お蝶《ちょう》さんはちがうんだな。お蝶《ちょう》さんが開いたページには、ごつごつした山の写真があった。

「はるかなるいにしえ、この国にいた女神《めがみ》、天照大神《あまてらすおおみかみ》が、弟神の乱暴《らんぼう》を怒《おこ》って、洞穴《ほらあな》にかくれて出てこなくなったんです。すると世のなかが真っ暗になってしまったため……」

「お蝶《ちょう》、小むずかしい話はごめんだよ。『いにしえ』なんて、拓《たく》にわかると思うかい？」

お藤《ふじ》さんがお蝶《ちょう》さんの話をさえぎり、ぼくをギロリと見る。

「うん……たしかに。『いにしえ』ってなに？」

おずおずと、お蝶《ちょう》さんにきいた。

「はるかなむかしってことですわ」

「お蝶《ちょう》さん、それで、天照大神《あまてらすおおみかみ》はどうなったのですか」

亀吉《かめきち》さんのおだやかな口調が、ぎすぎすした雰囲気《ふんいき》をなごませてくれた。

「その女神《めがみ》がかくれた洞穴《ほらあな》をふさいでいた岩を、ある力持ちの神が『えいっ』と遠くへほうり投げ戸隠《とがくし》へ。それが山となり、戸隠《とがくし》山と呼《よ》ばれるようになったのですって」

お蝶《ちょう》さんは、かんたんに話をしめくくった。

「ふうん。おもしろい話じゃないか。一度あたしも行ってみたいもんだよ」

お藤《ふじ》さんの言葉に、ぎょっとなる。

その顔をこわごわと見る。家守神《いえもりがみ》たちは、こうして本体から抜《ぬ》けでて歩くことができるけど、お藤《ふじ》さんの行動範囲《はんい》は限《かぎ》られている。本体に描《えが》かれた絵が鶴《つる》や亀《かめ》、蝶《ちょう》ならかなり遠くまで行けるけど、もともとの絵が植物であるお藤《ふじ》さんと魚の金《きん》魚《ぎょ》ちゃんは本体から離《はな》れて遠くまでは行けないんだ。

ママが再婚《さいこん》するまえに住んでいた千葉県に、鶴吉《つるきち》さんと亀吉《かめきち》さんはぼくとママのことを偵察《ていさつ》に来た。でもお藤《ふじ》さんと金魚《きんぎょ》ちゃんは来られなかった。だから、ふたりには千葉よりもっと遠い長野県は無理だと思う。ただ、逆《ぎゃく》に本体が移動《いどう》さえすれば、行けるんだ。

ま、まさかぼくに花瓶《かびん》を持っていけっていうんじゃ……？

ぼくがおろおろしていたら、お藤《ふじ》さんの目がつりあがった。

「拓《たく》、あんた、あたしが連れていけというのを警戒《けいかい》してるね」

「そ、そういうわけでは……」

「そりゃあ、行きたいけど、あたしにだって分別ってもんがある。花瓶《かびん》を抱《かか》えていけなんていうわけないじゃないか」

ぼくがほっと胸《むね》をなでおろしたとたん、金魚《きんぎょ》ちゃんがお藤《ふじ》さんの着物を引っぱる。

「掛《か》け軸《じく》だば、持ってけるべか？」

「だめに決まってるだろ」

金魚《きんぎょ》ちゃんはほかの家守神《いえもりがみ》たち同様、実年齢《ねんれい》は百歳《さい》以上だけど、見た目は小学校低学年くらいだし、言動も子どもっぽい。こうして好奇《こうき》心を抑《おさ》えきれず、気持ちをすぐに口にして、お藤《ふじ》さんにしかられる。

このやりとりは、お決まりのパターンだ。

「わたしたちは、佐伯《さえき》家の家守神《いえもりがみ》です。ぼっちゃんの留守《るす》を守ってますから、風《ふう》花《か》さん、平井《ひらい》くんたちと楽しんできてください」

「亀吉《かめきち》さん、ありがとう」

平井《ひらい》はまだ行くとはいってきてないけどね。

こんなふうに家守神《いえもりがみ》たちとやりとりするのは楽しい。みんなが笑顔《えがお》になっていた。ところが、そのときだった。

「どういうことですの？」

お蝶《ちょう》さんが目を大きく見開いた。同時にほかの家守神《いえもりがみ》たちも口をぽかんと開け、おどろいた表情《ひょうじょう》になる。

「どうしたの？」

彼《かれ》らが注目していたのは、枕屏風《まくらびょうぶ》だ。

勘兵衛《かんべえ》のふるさとの山が描《えが》かれていたはずなのに……その山の絵がない！

三　枕屏風《まくらびょうぶ》の不思議

「山の絵は？」

何度かまばたきをして、最後、ぎゅっとつぶってまた目を開く。

やっぱり……。

枕屏風《まくらびょうぶ》に映《うつ》っているのは、写真？　だろうか。

勘兵衛《かんべえ》が描《えが》いた緑色の山と雲がひとつだけあったその屏風《びょうぶ》には、今、どこかの部屋が映《うつ》っている。

「え、なに？　ここ、どこ？」

小さな窓《まど》から日が差しこんではいるが、せまくて薄暗《うすぐら》いところだ。

と思った瞬間《しゅんかん》。そこから、なにかが飛びだしてきた。

目の前をよぎり、座敷《ざしき》のなかを飛ぶ。半透明《はんとうめい》の黒いトンボだった。

「トンボだ。なぜ屏風《びょうぶ》から？」

「亀吉《かめきち》、捕《つか》まえな」

お藤《ふじ》さんが亀吉《かめきち》さんに命令した。でも亀吉《かめきち》さんの手は、トンボの素早《すばや》い動きに追いつかない。

そして……。トンボは床《とこ》の間《ま》の前で、五歳《さい》くらいの男の子に変化《へんげ》した。まるで忍者装束《にんじゃしょうぞく》のような服を着ている。

「ここ、どこなんだ？」

その子は青みがかった瞳《ひとみ》でぼくと家守神《いえもりがみ》たちを見まわし、つぶやく。

どういうことだ？　トンボが男の子に……変化《へんげ》した。佐伯《さえき》家に家守神《いえもりがみ》がもうひとりいた？

ぼくは、その男の子と家守神《いえもりがみ》たちを見くらべた。

「おい、おまえ！」

最初に動いたのは、鶴吉《つるきち》さんだった。だけど鶴吉《つるきち》さんが一歩その子のほうに動いた瞬間《しゅんかん》、男の子はまたトンボにもどり、すっとテーブルの下へ入っていった。

「おめ、なんだ!?」

「この屏風《びょうぶ》から出てきたね。どういうことだい」

金魚《きんぎょ》ちゃんとお藤《ふじ》さんがさけび、お藤《ふじ》さんは左腕《うで》を藤蔓《ふじづる》に変えて、テーブルの下へ入れようとした。同時にお蝶《ちょう》さんが蝶《ちょう》になり、あとを追っていった。が、すれちがうように、半透明《はんとうめい》の黒いトンボが出てくる。

「こいつ、つくも神《がみ》なの？」

わけがわからないまま、ぼくが屏風《びょうぶ》とトンボを交互《こうご》に見ていると、金魚《きんぎょ》ちゃんが自分の頭上でホバリングしていたトンボに飛びつこうとした。でも、トンボは金魚《きんぎょ》ちゃんの手をすりぬけ、屏風《びょうぶ》のなかに入っていった。

消えた。

映《うつ》っているのは、やはり薄暗《うすぐら》い部屋のなかだ。そこをトンボが飛んでいるのが一瞬《いっしゅん》だけ見えた。

——あたくしが蔵《くら》でねむっていたあいだにも、このようなことがありましたの？

お蝶《ちょう》さんの声がひびくと同時にテーブルの下から蝶《ちょう》が出てきた。

「いや、こんなことははじめてだよ」

お藤《ふじ》さんが低い声で答えた。

——なかったのですね。それでは調べなくてはなりません。

お蝶《ちょう》さんは蝶《ちょう》の姿《すがた》のまま、枕屏風《まくらびょうぶ》に飛びこむ。そして消えた。

「すりぬけた？」

たしかめようと、その屏風《びょうぶ》の裏《うら》へ行ってみた。でも、蝶《ちょう》はいない。

「お蝶《ちょう》姉さん！」

金魚《きんぎょ》ちゃんが必死の形相《ぎょうそう》で、屏風《びょうぶ》に突進《とっしん》した。でも、そのまますりぬけて裏《うら》へ出てしまう。

「なしてだ？　お蝶《ちょう》姉さんはどこだ？」

金魚《きんぎょ》ちゃんがあわてふためき、みんなで部屋じゅうをさがす。

でも、いない。いないよ。

「いったい、どういうことなのでしょうか」

亀吉《かめきち》さんが枕屏風《まくらびょうぶ》の前を右往左往《うおうさおう》する。

蝶《ちょう》の姿《すがた》のお蝶《ちょう》さんは、小さい。だから、なにかの陰《かげ》に入ってるかも。と、テーブルやソファの下、床《とこ》の間《ま》の花瓶《かびん》の後ろなども見る。いない。

ここに消えたんだ。この屏風《びょうぶ》のなかに……。

ぼくは、もう一度枕屏風《まくらびょうぶ》を見た。そして、はっとした。

「ぬれてる」

ぼくが指さしたところに、家守神《いえもりがみ》たちが顔を近づける。本来なら空が描《えが》かれていたはずのその部分が少しぬれて、色が変わっているのだ。

「さっき、トンボが出てきたところだな」

鶴吉《つるきち》さんが眉間《みけん》にしわを寄《よ》せ、腕《うで》を組んだ。

「あのトンボ、半透明《はんとうめい》だったね。つまり、あれは……」

ぼくは、次の言葉を口にできずにいた。でも、お藤《ふじ》さんがぴしゃっといった。

「つくも神《がみ》だろうね」

「で、でも、この屏風《びょうぶ》にトンボなんて描《えが》かれてなかったし、うちにはトンボの絵のついた古い物なんて、なかったよね」

「ええ。わたしが知る限《かぎ》り、ございません」

亀吉《かめきち》さんがゆらりと首を横にふる。

「だども（でも）、あの子、この絵に似《に》てだったたな」

金魚《きんぎょ》ちゃんは、テーブルに出したままになっているモニター募《ぼ》集《しゅう》のチラシを指さす。

「忍者《にんじゃ》ですね」

亀吉《かめきち》さんもうなずく。

うん、金魚《きんぎょ》ちゃんよりも小さい男の子の忍者《にんじゃ》だった。あの子は黒いトンボから忍者装束《にんじゃしょうぞく》の姿《すがた》になった。もしもつくも神《がみ》だとしたら、どこかに本体があるはず。そしてその本体には黒いトンボの絵が描《えが》かれているはずだ。でも佐伯《さえき》家にそんなものはない。

「ここ、どこなんだろう」

ぼくはあらためて枕屏風《まくらびょうぶ》に映《うつ》る部屋を見た。窓《まど》は小さく、家具はひとつもない。殺風景《さっぷうけい》だ。

「どこかは知らん。だが、この屏風《びょうぶ》に秘密《ひみつ》があることはまちがいない」

鶴吉《つるきち》さんが枕屏風《まくらびょうぶ》をにらみつけた。

さっきまでこの屏風《びょうぶ》にあった山と雲は、鶴吉《つるきち》さんたち家守神《いえもりがみ》同様、江戸《えど》時代に信山勘兵衛《しのやまかんべえ》の筆で描《えが》かれたものだ。山の絵は、ここに立っている家守神《いえもりがみ》たちのように抜《ぬ》けでることはないけど、雲の絵はちがう。もともと四つあった雲のうち三つはすでに抜《ぬ》けでてて、そのひとつはぼくの体に入った。それでぼくは、妖怪《ようかい》のたぐいを見ることができるようになった。もっとまえには、ひいおじいちゃんである佐吉《さきち》さんという人にもこの屏風《びょうぶ》の雲が入った。この屏風《びょうぶ》はほかの家守神《いえもりがみ》たちとは少しちがう力をもっているんだ。ただ、その能力《のうりょく》のすべては家守神《いえもりがみ》たちもわかってないみたい……。

そのとき、枕屏風《まくらびょうぶ》を見ていたぼくと家守神全員《いえもりがみ》が声をあげた。

「ああっ」

枕屏風《まくらびょうぶ》にお蝶《ちょう》さんが映《うつ》ったのだ。蝶《ちょう》ではなく、人の姿《すがた》に変化《へんげ》している。しかもその後ろには、さっきの男の子も見える。

「お蝶姉《ちょう》さん！」

金魚《きんぎょ》ちゃんが屏風《びょうぶ》に手を伸《の》ばす。

「金魚《きんぎょ》ちゃん。みなさん」

お蝶《ちょう》さんの声が聞こえた。

「お蝶《ちょう》さん、そこはどこなの？　今、どこにいるの？」

まるで、テレビに映《うつ》っている人に話しかけるかのようだ。いや、タブレットを使ってのオンライン会話？　でもこれはテレビでもタブレットでもない。江戸《えど》時代からある屏風《びょうぶ》だ。

お蝶《ちょう》さんがゆっくりと話しだした。

「蔵《くら》のなかですわ。といっても佐伯《さえき》家の蔵《くら》ではありません。今ちょっとですけど、外に出てみましたの。びっくりしましたわ。ここは戸隠《とがくし》山のふもとです。さっきあたくしが読んでいた『古事記《こじき》』にあった写真の山が見えますもの」

「戸隠《とがくし》？　戸隠《とがくし》は長野県だよ」

お蝶《ちょう》さんは、ついさっきまでここにいた。それが今は戸隠《とがくし》？

東京駅から長野駅まで新幹線《しんかんせん》で一時間半、戸隠《とがくし》へはさらにそこから北東へ車で一時間近くかかると、おばあちゃんに聞いたばかりなのに。

「お蝶《ちょう》姉さん、おらも行く」

金魚《きんぎょ》ちゃんが枕屏風《まくらびょうぶ》に入ろうとした。でもやはり、裏《うら》へすりぬけるだけだった。

「お蝶《ちょう》、もどっておいで」

お藤《ふじ》さんもお蝶《ちょう》さんに声をかけながら、屏風《びょうぶ》に手を入れた。でもその手はお蝶《ちょう》さんの肩《かた》のあたりを素通《すどお》りした。

お蝶《ちょう》さんは、少し悲しげな顔でお藤《ふじ》さんを見つめていた。そして、ちらっと後ろにいる男の子を見る。

「まだもどりません。この子がどういう子なのか、こうして遠く離《はな》れたこの地へ来られたのはなぜなのか、あたくし、この不思議な現象《げんしょう》をこちらで調べてみたいと思いますの」

お蝶《ちょう》さんがそういったとき、まるでテレビやタブレットの画面がほかの画像《がぞう》に切り替《か》わるかのように、枕屏風《まくらびょうぶ》がすーっと、山と雲の絵にもどった。

お蝶《ちょう》さんも、男の子も消えた。

「お蝶《ちょう》さん！」

亀吉《かめきち》さんが屏風《びょうぶ》に手をかけ、ゆすった。でも、もういつもの屏風絵《びょうぶえ》のままだ。

さっきぬれていた部分も、もう乾《かわ》いている。

「お蝶《ちょう》姉さ～ん」

金魚《きんぎょ》ちゃんがべそをかく。

「お蝶《ちょう》は、戸隠山《とがくしやま》が見えるといってたね」

お藤《ふじ》さんが、金魚《きんぎょ》ちゃんをちらっと見たあと、ぼくをにらんだ。

「拓《たく》、おまえ、宏子《ひろこ》に誘《さそ》われたんだろ。行くんだろう」

「え、そうだけど」

「ちょうどいいじゃないか。お蝶《ちょう》をさがして、連れもどしておいで」

「そんなこといわれても……。近所で人さがしをするみたいにはいかないでしょ」

戸隠山《とがくし》がどのくらいの広さなのか、よくわかっていないわけだし。

「待ってたら、お蝶《ちょう》さん、もどってくるかもしれないよ」

「いや、さっきお蝶《ちょう》は『調べる』といっていた。すぐには帰ってこないだろう」

鶴吉《つるきち》さんまでぼくをにらむ。

「仲間がいないはじめての土地で、お蝶《ちょう》になにかあったらどうするんだい」

お藤《ふじ》さんがいらいらした口調でまくしたて、部屋のなかを歩きまわった。

ぼくは、考えた。

今起きたできごとは、これまでにはなかった不思議だ。それをお蝶《ちょう》さんだけで調べられるんだろうか。

それに、戸隠《とがくし》の体験ツアー中にお蝶《ちょう》さんをさがせるかな。でも、ぼくがさがさないと。ため息が出そうになるのを、こらえていった。

「わかった。お蝶《ちょう》さんをさがすよ」

四人の家守神《いえもりがみ》たちが、いっせいにうなずく。と同時におばあちゃんの声がした。

家守神《いえもりがみ》たちは、それぞれ本体にもどる。

「拓《たく》ちゃん、平井《ひらい》くんも戸隠《とがくし》に行ってくれるって。風花《ふうか》ちゃんが平井《ひらい》くんに教えて、平井《ひらい》くんは会社にいらっしゃるご両親にすぐ連絡《れんらく》したみたい。平井《ひらい》くん、『長野の郷土《きょうど》料理が楽しみ』ですって」

平井《ひらい》は将来《しょうらい》コックになる夢《ゆめ》をもっていて、料理の腕前《うでまえ》はそうとうなものだ。そうか。平井《ひらい》にとって、このツアーは、風花《ふうか》といっしょの旅行と、地方の料理を食べる経験《けいけん》というダブルの魅力《みりょく》なんだな。

ふたりの反応《はんのう》がうれしかった。

「よかった。じゃあ、おばあちゃん、ぼくたち三人をよろしく」

ぼくは、絵が消えたままのお蝶《ちょう》さんの急須《きゅうす》におばあちゃんの視線《しせん》がいかないように、そっと体を動かした。

「ええ。あさって出発決定よ」

おばあちゃんは、いそいそと座敷《ざしき》を出ていった。そして数時間後には、くるみ屋からファックスでツアーの詳細《しょうさい》が送られてきた。

《戸隠《とがくし》体験ツアー・一泊《ぱく》二日／対象《たいしょう》　小学生モニター　くるみ屋》とある。

さっき見せてもらったチラシから「募集《ぼしゅう》」が消え、具体的な案内が加わったものだった。
A　陶芸《とうげい》体験コース（①粘土《ねんど》でマグカップ、皿など好きなものを作る　②すでに焼いてある器《うつわ》に絵付けをする　のどちらか）
B　コック体験コース
とある。

「今回のメンバー情報《じょうほう》を伝えたの。陶芸《とうげい》体験はもともと予定してたんだけど、平《ひら》井《い》くんが将来《しょうらい》コックを目指してることを知って、急きょBコースも用意したんですって。もちろん、三人とも陶芸体験《とうげい》でもいいのよ。どっちのコースでも対応《たいおう》できるように準備《じゅんび》してるみたい。どれにするか、ふたりにきいてくれない？　もちろん、拓《たく》ちゃんも決めて」

平井《ひらい》に電話をしたら、予想通り「おれ、コック体験」と即答《そくとう》だった。

風花《ふうか》の希望は、絵付けコース。ぼくは、絵が苦手だから粘土《ねんど》で作るコースにした。おばあちゃんが、またすぐにくるみ屋さんに連絡《れんらく》をしている。

「わたしも妹一家と会うのはひさしぶりなの。楽しみだわ」

お蝶《ちょう》さんをさがすという使命はあるものの、ぼくも楽しみだ。

四　戸隠《とがくし》へ出発！

いざ、戸隠《とがくし》へ。

風花《ふうか》、平井《ひらい》、そしてぼくとおばあちゃんは東京駅から北陸新幹線《しんかんせん》に乗った。窓《まど》ぎわから、平井《ひらい》、風花《ふうか》、ぼく、通路をはさんでおばあちゃんが座《すわ》る。

「ふたりとも、新幹線《しんかんせん》で変な進化せんようにな」

平井恒例《ひらいこうれい》のダジャレが出て、新幹線《しんかんせん》も動きだした。

「風花《ふうか》ちゃんは妖怪《ようかい》好きだということも伝えたんだけど、あいにく旅館には妖怪《ようかい》にくわしい従業員《じゅうぎょういん》はいないんだって。ごめんなさいね」

おばあちゃんが、風花《ふうか》に声をかけた。

「いえ、あたしはこれを持ってきてますから、だいじょうぶです」

風花《ふうか》は足元に置いていたリュックから『信濃《しなの》の妖怪《ようかい》たち』という本を出して、

見せてくる。

「妹には、咲良《さくら》という、こんど中学生になる孫がいるの。拓《たく》ちゃんとは『はとこ』になるわけね。その子は将来《しょうらい》くるみ屋をついで女将《おかみ》になるっていってて、今回の体験ツアーで、女将役《おかみ》をつとめるらしいわ。よろしくね」

両親同士《どうし》が兄弟姉妹《しまい》だと「いとこ」で、祖父母同士《そふぼどうし》が兄弟姉妹《しまい》だと「はとこ」になるのだった。

「拓《たく》のはとこ？　じゃあ、これはっ・と・こ・」

平井《ひらい》は今朝会ったときに渡《わた》したツアーのチラシを出すと、前の座席《ざせき》の背《せ》についているテーブルにはさんだ。風花《ふうか》はそのダジャレをスルーし、『信濃《しなの》の妖怪《ようかい》たち』を開く。

「戸隠《とがくし》は、鬼女紅葉《きじょもみじ》という妖怪《ようかい》が有名なんだよ」

「え？　妖怪《ようかい》がいるのか？」

平井《ひらい》がびびる。

「美しい女に化けた妖怪《ようかい》なんだけど、平安時代に、正体がばれて京の都から追いはらわれ戸隠山《とがくし》に住みついたの」

風花《ふうか》が開いている本のページには、着物姿《すがた》で角の生えた女性《じょせい》の絵がある。

「もう一度都にもどるお金を手に入れるため、本性《ほんしょう》を出して旅人を襲《おそ》ってたの。でもそのあとで、ええ～っと」

風花《ふうか》の解説《かいせつ》がふととぎれた。

「そうそう。平維茂《たいらのこれもち》という武士《ぶし》に鬼女紅葉《きじょもみじ》は征伐《せいばつ》されたの」

どうやら、武士《ぶし》の名前までおぼえきれてなかったみたいだ。

「へえ、そんなことがあったんだ」

「ふー。今はいないんだな」

平井《ひらい》が胸《むね》をなでおろしている。

そんな妖怪《ようかい》話で盛《も》りあがっているうちに、長野駅に到着《とうちゃく》した。

むかえにきてくれた旅館の送迎《そうげい》バスに乗り、くるみ屋へ向かう。

バスが走る道路にもう雪はないけど、遠くには雪山が見える。

「おばあちゃん、あの山は？」

「戸隠山《とがくし》よ」

お蝶《ちょう》さんが読んでいた本にあった写真の山だ。

「へえ。むかしはあそこで、忍者《にんじゃ》が修業《しゅぎょう》してたんだ」

「そうよ。今は、戸隠《とがくし》神社に参拝《さんぱい》する人たちが多く訪《おとず》れるの」

長野駅からしばらく走り、くるみ屋に着いた。

「おっ、空気がうんめ〜。最高のごちそうだな」

駐車場《ちゅうしゃじょう》でバスを降《お》りたとたん、平井《ひらい》が口をぱくぱくさせる。

「平井《ひらい》、なにしてんの？」

「は？　拓《たく》、ここは『空気、食う気か？』ってつっこむところだろー！」

えー!?　平井《ひらい》のテンションが高い。きょうはダジャレを笑うだけじゃなく、こっちもダジャレを返さなきゃいけないのか。

気をとりなおして、旅館の玄関《げんかん》へ移動した。古いけど、どっしりとしててりっぱな建物だ。築《ちく》百年の佐伯《さえき》家より古いかも。

玄関《げんかん》では、無地の着物を着た女性《じょせい》三人と、板前姿《いたまえすがた》の男性《だんせい》ひとりが出むかえてくれた。女性《じょせい》の年代はばらばらで、右端《みぎはし》にいる人は、おばあちゃんをちょっとぽっちゃりさせた感じ。きっと大女将《おおおかみ》だ。そしてぼくより少し背《せ》が高い小学生くらいの子は、ぼくのはとこにちがいない。

「ようこそ、おいでくださいました。くるみ屋女将《おかみ》見習いの浅井咲良《あさいさくら》です」

その子が第一声を発した。

「咲良《さくら》ちゃん、ひさしぶり」

おばあちゃんがうれしそうに手を取り、ぼくたちを紹介《しょうかい》してくれた。

板前姿《いたまえすがた》の男性《だんせい》は咲良《さくら》のおとうさんで料理長、おばあちゃんに似《に》てると思った人はやはり大女将《おおおかみ》、もうひとりは咲良《さくら》のおかあさんで女将《おかみ》だった。

「モニターツアーの参加者は、拓《たく》ちゃんたち三人だけだけど、宿にはほかのお客さんもいらっしゃるから、ご迷惑《めいわく》にならないようにね」

おばあちゃんに、念をおされちゃった。でも、

「走りまわるとかしない限《かぎ》りだいじょうぶよ」と大女将《おおおかみ》が笑っていってくれる。

「よろしくお願いします」

ぼくたちは声をそろえてあいさつをし、スリッパにはきかえた。そのときだった。

半透明《はんとうめい》の黒いトンボがすーっと飛んできた。忍者装束《にんじゃしょうぞく》の男の子に変化《へんげ》し、咲良《さくら》の前に立つ。

こ、この子は……。

このまえうちの座敷《ざしき》に来た子だった。

男の子はけげんそうな顔で、咲良《さくら》を見あげている。でも咲良《さくら》はその子に気づいていない。見えてないいんだ。

「拓《たく》くん？」

風花《ふうか》がそっと耳うちしてきた。

ぼくは声を出さずにうなずいた。風花《ふうか》はぼくのように妖怪《ようかい》を見る力はないけど、妖怪《ようかい》の気配を感じる能力《のうりょく》をもっている。ここになにかがいると、気づいたんだ。

この子がいるってことは、もしかしたらお蝶《ちょう》さんも？

そう思ってきょろきょろしたけど、お蝶《ちょう》さんらしき蝶《ちょう》は見つからなかった。

あっ。男の子はトンボにもどり、すっとどこかへ行ってしまった。

廊下《ろうか》を歩いていると、四人家族らしきお客さんとすれちがった。そのなかの男の子が黒装束《しょうぞく》を着ている。

「うちの旅館では、子どもさん向けに黒装束《しょうぞく》を用意してるの。正式な忍者装束《にんじゃしょうぞく》はけっこう複雑《ふくざつ》で着るのがむずかしいから、〝なんちゃって忍者装束《にんじゃしょうぞく》〟ってわけ」

ぼくが親子連れをふりかえって見ていたら、大女将《おおおかみ》が教えてくれた。

「じゃあ拓《たく》ちゃん、風花《ふうか》ちゃん、平井《ひらい》くん。今回は小学生対象《たいしょう》のモニターツアーだし、わたしはこの子とつもる話があるから、妹の部屋へ行かせてもらうわね」

この子……？

おばあちゃんが「この子」と手をかけたのは、大女将《おおおかみ》だ。おばあちゃんよりちょっと若いだけだけど、おばあちゃんは生まれ育った家に来て、気持ちが小さいころにもどっているのかも。

「咲良《さくら》ちゃん、わたしの孫とお友だちをよろしくね」

おばあちゃんは、妹の大女将《おおおかみ》と奥《おく》へつづく廊下《ろうか》を去っていく。ちょっと話しては、けらけらと笑って、楽しそうだ。

「平井《ひらい》くん、コックになりたいんだってね。ぼくは厨房《ちゅうぼう》で待ってるからね」

咲良《さくら》のおとうさんが平井《ひらい》に声をかける。どっしりとした、頼《たの》もしい感じの人だ。

すると、咲良《さくら》が「ん、んん」とせきばらいをし、かしこまった。

「東京からおこしの佐伯拓《さえきたく》様、雨宮風花《あまみやふうか》様、平井新之介《ひらいしんのすけ》様、お部屋へご案内します」

「お願いします」

ぼくたちもつられてかしこまり、咲良《さくら》についていった。女将《おかみ》である咲良《さくら》のおかあさんもいっしょだ。

「長野県は日本のほぼ中央に位置していて、山は多いけれど、海がありません。ここ戸隠山《とがくしやま》ではかつて戸隠流忍者《とがくしりゅうにんじゃ》が修行《しゅぎょう》をし、特に戦国時代には、今でいうスパイのような活躍《かつやく》をしていました。そばがおいしいことでも有名です」

ぼくたちより一歳《さい》年上なだけなのに、しっかりしてるなあ。

咲良《さくら》のガイドを聞きながら館内を歩き、「柊《ひいらぎ》の間《ま》」に着いた。

「柊《ひいらぎ》の間《ま》に男子ふたり、となりの楓《かえで》の間《ま》に風花《ふうか》さんとわたしが泊《と》まります」

「え？　あたし、拓《たく》くんのおばあちゃんといっしょの部屋かなと思ってた」

ぼくもそう思っていた。

「咲良《さくら》、ちゃんと説明をしましょう」

女将《おかみ》が、咲良《さくら》から説明を引きつぐ。

「このたびは夏休みスペシャル体験ツアーに先がけまして、小学生モニターとして、本企画《きかく》へのご参加をありがとうございます。夏休みのツアー内容《ないよう》をこれから検討《けんとう》するにあたり、みなさんのご意見をぜひちょうだいしたいと思っております。雪深い土地のため、忍者屋敷《にんじゃやしき》がまだ閉館《へいかん》中なのは残念ですが、忍者《にんじゃ》の里、戸隠《とがくし》をぜひお楽しみください。

お部屋は、雨宮風花《あまみやふうか》さんと伯母《おば》の宏子《ひろこ》を同室にとも考えましたが、小学生だけの体験なので、女将《おかみ》見習いの咲良《さくら》も入れて、このような形となりました。こまったことがあったら、咲良《さくら》になんでもいってくださいね」

女将《おかみ》の説明は、さすがだった。

「お腹《なか》もすいたことでしょう。昼食をお召《め》しあがりくださいませ」

これは咲良《さくら》がいい、女将《おかみ》は畳《たたみ》に手をついて頭を下げ、「では、わたくしはこれで」と部屋を出ていった。

柊《ひいらぎ》の間《ま》のテーブルには、黒塗《ぬ》りの四角いお弁当箱《べんとうばこ》が四つ、置かれていた。

「さっ、いただきましょう」

咲良《さくら》にすすめられ、お弁当箱《べんとうばこ》のふたを開けた。内側は赤い塗《ぬ》りで、仕切りの板もあるほか、小さな器《うつわ》に盛《も》られている料理もある。

「おいしそう！」

「おお！」

風花《ふうか》と平井《ひらい》も歓声《かんせい》をあげた。

天ぷら。だし巻《ま》き玉子。飾《かざ》り切りしてある煮物《にもの》も華《はな》やかだ。

「これは、ふきのとうの天ぷらです。戸隠《とがくし》の山菜はこれからが本番ですが、雪のあいだから真っ先に出るのが、このふきのとうです。揚《あ》げてから時間が経《た》つと苦くなりますので、早めに食べて、春の味をお楽しみください。こちらは、郷土《きょうど》料理の『おやき』です」

　咲良《さくら》が「こちら」といったのは、ひらべったいおまんじゅうのようなものだった。

「おやきの中身は、たくさん種類があります。あんこや野沢菜《のざわな》、カボチャ……とにかくいただきましょう」

　咲良《さくら》もお腹《なか》がすいてるんだ。うん、食べたい。

　まずは天ぷらだ。ほんのり苦みはあるけど、さくっとして、おいしい。

　次におやきを手で持ち、がぶっとかみつく。中身はカボチャだった。

　おいしい～！

「おやつにもよさそうだな。皮のレシピを知りたいぜ」

「鬼女紅葉《きじょもみじ》も食べたかも。わくわくする」

　平井《ひらい》と風花《ふうか》の感想に、咲良《さくら》がうれしそうに笑顔《えがお》を返す。

五　ゆらめく青い影《かげ》

「さ、それじゃあ、次はいよいよ体験ね」

咲良《さくら》が、床《とこ》の間《ま》にあった白い衣服を手に取り、平井《ひらい》に差しだす。

「おばあちゃん、いえ、大女将《おおおかみ》は裁縫《さいほう》が得意《とくい》なので、昨晩、楽しそうにおとな用の白衣を直してました」

板前さんたちが厨房《ちゅうぼう》で着る服だった。

「ふつう子ども用の板前さんの服なんてないもんな。サンキュー」

平井《ひらい》は飛びつくようにその服を手にし、袖《そで》を通す。

「よし、ばっちりだ」

「新《しん》ちゃん、似合《にあ》ってるよ！」

風花《ふうか》にほめられて、得意《とくい》のダジャレも出ないほど照れている。

ということは、こっちの黒い服は？

ぼくと風花《ふうか》は、床《とこ》の間《ま》に残されたものを見る。

「ふたりには、なんちゃって忍者装束《にんじゃしょうぞく》よ」

ぼくと風花《ふうか》が渡《わた》されたのは、さっき廊下《ろうか》ですれちがった男の子が着ていた装束《しょうぞく》だった。亀吉《かめきち》さんが着ている甚兵衛《じんべえ》に似《に》てるけど、ズボンは長くて、裾《すそ》がすぼまっていた。

平井《ひらい》は咲良《さくら》と厨房《ちゅうぼう》へ行き、風花《ふうか》は楓《かえで》の間《ま》で、ぼくはその場で着替《きが》える。

黒装束《しょうぞく》になると、忍者《にんじゃ》の真似《まね》をしたくなった。

「シュッ」

ぼくが手裏剣《しゅりけん》を投げるポーズをしていたら、風花《ふうか》がもどってきて、「ハッ」と応戦《おうせん》してくれた。

平井《ひらい》を厨房《ちゅうぼう》に案内した咲良《さくら》も、紫色《むらさきいろ》の着物に着替《きが》えてもどってきた。形はぼくたちと同じだけど、柄《がら》は黒の縦《たて》じまだ。

「よーし、行こう！」

女将《おかみ》のような着物姿《すがた》じゃないからか、咲良《さくら》の口調はふつうの小学生のものになっていた。

陶芸工房《とうげいこうぼう》は旅館のとなりだが、いったん敷地《しきち》を出て、道路をぐるりとまわる。

あたりにはいろいろな木がある。冬に葉っぱが落ちたままの木が多いけど、背《せ》の低い生け垣《がき》は常緑樹《じょうりょくじゅ》だ。その陰《かげ》には雪がまだある。咲良《さくら》は門を入ると、「工房《こうぼう》『幹《みき》』」という木の看板《かんばん》がかかっている作業小屋へ向かう。

「幹彦《みきひこ》先生、よろしくお願いしまーす」

そして勢いよく、ドアを開けた。

「あれ？」

後ろからのぞいてみたけど、だれもいない。

中央にある大きな作業テーブルには、ぬれタオルをかけたこんもりしたものがある。筆立てには、筆が何本もあった。

東京のうちの蔵《くら》より、少し広いくらいの工房《こうぼう》だ。テーブルの下や端《はし》のほうには大小のポリバケツがあり、白や茶色の絵の具みたいなものがまわりにたれている。

低くて丸い作業台も三つあった。

「先生、時間をまちがえてるのかな。呼《よ》んでくるね」

咲良《さくら》が同じ敷地《しきち》にある先生の自宅《じたく》へ向かい、ぼくと風花《ふうか》は工房《こうぼう》で待っていた。

これ、なんだろう。気になっていたぬれタオルをそっとめくってみる。粘土《ねんど》だった。きっとこれでなにか作るんだ。

「この丸いのって、ろくろだよね。くるくるまわして、お皿や茶わんを作るんだよ」

風花《ふうか》が丸い作業台をちょっとつついた。するとそれはくるりとまわる。

「ぼくもテレビで見たことがあるよ。ここに粘土《ねんど》を置いて、まわしながら形を作ってた」

「拓《たく》くんは、これをやるの？」

「え、あんなこと、できるかな……」

急に不安になってくる。そばには先がぎざぎざになってたり、丸い輪っかがついてたりと、いろいろな形のへらが何本もある。これで粘土《ねんど》遊びをするなら、楽しいだろうけど。

「むずかしいのかな。ろくろ……あれ？」

急に風花《ふうか》の目がかがやきだした。

「ろくろっ首のろくろは、これが由来なんだね！　そっかー」

ろくろっ首は、首を伸《の》ばして人間をおどかす妖怪《ようかい》だ。

「ろくろっ首と陶芸《とうげい》が関係あるの？」

「ここで粘土《ねんど》をぐーっと上に引きあげて伸《の》ばすわけでしょ。きっとそれが、首が伸《の》びる様子に似《に》てるって考えられたんだね。あー、あたし、これを体験してみたかった。これから変更《へんこう》できないかな」

風花《ふうか》は妖怪《ようかい》がらみになると、止められなくなる。

「陶芸《とうげい》の先生にきいてみたら？　いいっていってくれるかも」

「そうだね」

でも……。

「咲良《さくら》ちゃん、もどってこないね」

「うん」

咲良《さくら》が先生を呼《よ》びにいってから二十分近く経《た》っている。おかしい。

ぼくたちは工房《こうぼう》のドアを開け、外に出た。すると……。

「だれか～」

せっぱつまったような声が聞こえた。咲良《さくら》だ。

ぼくと風花《ふうか》は顔を見あわせ、すぐに声がしたほうへ走った。

「あっ、咲良《さくら》ちゃん」

風花《ふうか》が声をあげた。門の真正面にある二階建ての家の前に、咲良《さくら》が立っていたのだ。

「風花《ふうか》ちゃん、拓《たく》くん。ああ、よかった」

「え、どうしたの？」

「先生は？」

風花《ふうか》とぼくが近寄《ちかよ》る。

「家に先生がいないの。それで母に知らせようと思ったんだけど、わたし、ここから動けなくなっちゃって」

咲良《さくら》はぼくたちに助けを求めるかのように、手を伸《の》ばしてきた。

「ほら、動けない」

え……？　どういうことなんだ？

ぼくと風花《ふうか》は、両側から咲良《さくら》の腕《うで》をかかえた。

咲良《さくら》は泣きそうな顔でぼくたちを交互《こうご》に見る。しゃがみこんで片方《かたほう》の足を両手でぐっと動かそうとしてみた。

「んん～」

地面にくっついてしまったかのように、動かない。

「拓《たく》くん、そこ……」

風花《ふうか》が咲良《さくら》の足元を指さした。

「うん」

そこには咲良《さくら》の影《かげ》がある。でもふつうは黒いはずの影《かげ》が、少し青い。さらに、青っぽくゆらめいたなにかがそこから立ちあがってもいる。これって湯気？

いったい、なんなんだろう？

ぼくと風花《ふうか》の影《かげ》は？

ふつうだ。黒いし、湯気みたいなものもない。

「この青いの、なんだろう」

「え、青いのって？」

風花《ふうか》はけげんそうに首をかしげたあと、ぱくぱくと口だけ（なにかいる？）と動かした。風花《ふうか》には、咲良《さくら》の影《かげ》もぼくたちのと同じようにしか見えていないの

だった。でも風花《ふうか》はそこに、気配を感じていた。

つまり、咲良《さくら》の足元に妖怪《ようかい》がいるってことだ！

妖怪《ようかい》……。家守神《いえもりがみ》たちのような気のいい連中ばかりじゃない。妖怪《ようかい》のなかには、人を襲《おそ》うものもいる。ぞぞぞっと鳥肌《とりはだ》がたった。

「ぼく、旅館へ行って、だれか呼《よ》んでくる」

とにかく、そうするしかない。でもそのときだ。咲良《さくら》の影《かげ》から、ふわりと半透明《はんとうめい》の黒いトンボが飛びでてきた。

あいつだ！

「あ、歩ける。拓《たく》くん、待って。わたし、歩けるようになったよ」

咲良《さくら》がとととと、前に出た。その影《かげ》はもう青くない。あっ、トンボは？いる。すーっと咲良《さくら》のまわりを飛び、ぼくの前で男の子に変化《へんげ》した。さっきの子だ。ふーっ。おそろしい妖怪《ようかい》ではなかった。でも「ねえ」と声をかけようとして、はっと思いとどまった。

咲良《さくら》にはこの子は見えてないはず。ぼくに妖怪《ようかい》が見える力があることを知らない咲良《さくら》の前で、今この子に声をかけたら、不審《ふしん》に思われそうだ。

ぼくがどうしたらいいのかとまどっていると、男の子がけげんな顔を向けてきた。

「お兄ちゃん、おいらのことが見えるんだな」

この声も咲良《さくら》には聞こえてないはず。風花《ふうか》にもだ。だから、ぼくは男の子の目をしっかり見てうなずいた。

「幹彦《みきひこ》が倒《たお》れてる。助けて」

すがるように訴《うった》えてきた。

「え、幹彦《みきひこ》って、陶芸《とうげい》の先生だよね？」

しまった。思わず大きな声が出てしまった。咲良《さくら》がけげんそうにぼくを見る。

「拓《たく》くん、どうかしたの？」

「う、うん。ね、あの小屋はなに？」

男の子が指さしている小屋を、ぼくも指さす。敷地《しきち》内の奥《おく》まったところにある小屋だ。

「あそこは、窯場《かまば》。粘土《ねんど》で作った作品を焼く電気窯《でんきがま》があるの」

「先生、あそこにいなかった？」

「え、あそこはまだ見てないけど」

咲良《さくら》はいぶかしげに首をかしげつつ、その小屋まで歩く。

「幹彦《みきひこ》先生！　大変」

小屋の戸を開けたとたん、甲高《かんだか》い声をあげ、なかへ入る。ぼくと風花《ふうか》も急いで行ってみた。

「あっ」

足が入り口でストップし、勢《いきお》いで前のめりになりそうになった。

小屋の床《ゆか》に、やせた白髪《しらが》頭の老人が倒《たお》れていた。

この人が陶芸《とうげい》の先生？　そうなんだ。横には杖《つえ》がころがっている。

「先生！　先生」

咲良《さくら》が呼《よ》びかけても、反応《はんのう》がない。

「あたし、旅館の人に知らせてくるね」

風花《ふうか》が走った。

「咲良《さくら》ちゃん、先生の家族は?」

「いないの。先生はひとり暮《ぐ》らしなのよ」

「なあ。幹彦《みきひこ》、死んでしまうのか」

さっきぼくに声をかけてきた忍者姿《にんじゃすがた》の男の子が、横で涙《なみだ》を浮《う》かべていた。

こんなふうに人が倒《たお》れているのを見るのははじめてで、ぼくだってこわい。

その小屋には、粘土《ねんど》で作った器《うつわ》を焼く窯《かま》らしき機械があり、横の棚《たな》には茶色や白っぽい、未完成の器《うつわ》が並《なら》んでいた。


風花《ふうか》といっしょにすぐに咲良《さくら》のおかあさんが駆《か》けつけて、救急車《きゅうきゅうしゃ》を呼《よ》んでくれた。先生は病院に運ばれた。

どうやら、さっきの男の子もいっしょに乗っていったみたいだ。

「先生、だいじょうぶかなあ。心配」

咲良《さくら》がつぶやく。

救急車《きゅうきゅうしゃ》の音がだんだん遠ざかっていき、音が聞こえなくなるまで、ぼくと風花《ふうか》、そして咲良《さくら》はそこに立ちつくしていた。

「ここにつっ立っててもしょうがないね。わたしは工房《こうぼう》をかたづけるから、ふたりは旅館で待っててくれる？」

咲良《さくら》にいわれ、ぼくと風花《ふうか》はとぼとぼとくるみ屋へ、そして柊《ひいらぎ》の間《ま》に帰った。

冷蔵庫《れいぞうこ》に入っていたペットボトルの水を出す。おっ、「戸隠《とがくし》の水」だって。

おいしい。すーっと体にしみこんでくる。

風花《ふうか》もほっとしたように水を飲んでいた。

「ねえ、拓《たく》くん」

風花《ふうか》がいいたいことは、わかっていた。でもあえて、きいた。

「どうしたの？」

「さっき、咲良《さくら》ちゃんの影《かげ》に、なにかいたんだよね。それが、出てきた？」

「うん。あのね、咲良《さくら》ちゃんの影《かげ》が青くなってたし、影《かげ》から青い湯気みたいなのが出ていた。

その影《かげ》から半透明《はんとうめい》の黒いトンボが出てきて、忍者装束《にんじゃしょうぞく》の男の子に変化《へんげ》したんだ。あいつ、妖怪《ようかい》だよ。風花《ふうか》、感じてた？」

「うん。なにかいるなってくらいだけど」

「実は東京の家にもね……」

ぼくと風花《ふうか》以外、部屋にはだれもいないので、気がねなく話ができた。

「拓《たく》くんちのあの屛風《びょうぶ》から出てきて、また屛風《びょうぶ》からどこかへ帰ったってこと？ お蝶《ちょう》さんもそのなかに消えたわけ？」

「そう！」

「えー、ちょっと待って」

風花《ふうか》が考える。そして、ぱっと顔を上げた。

「さっき、咲良《さくら》ちゃんの影《かげ》から、邪悪《じゃあく》な気配は感じなかった。もしかしたら、新たなつくも神《がみ》？」

「そうなのかなあ。とにかく妖怪《ようかい》なのはたしかだと思う」

「この旅館、かなり古そうだものね。つくも神《がみ》になっているものがいても、おかしくない。

よし、拓《たく》くん。調査《ちょうさ》しよう」

出た！　風花《ふうか》の妖怪調査《ようかいちょうさ》モード発動だ。

「うん。お蝶《ちょう》さんもさがさなきゃ」

ぼくと風花《ふうか》は、ほかのお客さんのじゃまにならないよう気をつけながら、くるみ屋のなかを見て歩いた。

ロビーには大きな壺《つぼ》があり、菜の花と猫柳《ねこやなぎ》が生けられている。

「この壺《つぼ》、古そうだね。でもお藤《ふじ》さんみたいに絵はないから、ちがうか」

「拓《たく》くん、佐伯《さえき》家の家守神《いえもりがみ》たちは特別だよ。ふつう、つくも神《がみ》は物から手足が出て動きだすの」

「それ、想像《そうぞう》すると、おかしいね」

ほかにも古い柱時計や絵があるけど、ぼくにはつくも神《がみ》になっているかどうかわからず、風花《ふうか》が気配を感じるものもなかった。

でもあらためて見ていると、くるみ屋は廊下《ろうか》も柱もぴかぴかに磨《みが》かれてるし、こうして古い物を飾《かざ》ってもいる。佐伯《さえき》家の人たち同様、物を大切にしていることがよくわかった。長野県の特産物が並《なら》んでいる売店には、古い布《ぬの》で作られたバッグやペンケースなどの小物も置かれていた。女性《じょせい》客が手にとってながめている。

そこに、咲良《さくら》が来た。

「先生、意識《いしき》が回復したって、連絡《れんらく》があったよ」

「よかったあ」「うん」

風花《ふうか》とぼくは、胸《むね》をなでおろした。

「あしたには、帰ってこられそう。それでね、きょうの陶芸《とうげい》体験なんだけど、絵付けだけでよかったら、わたしができるから、やっていいって」

「え、咲良《さくら》ちゃん、陶芸《とうげい》できるの？……」

「一年生のときから、週に一回習ってるんだ。行こう」

旅館につくも神《がみ》らしき物はないし、ぼくと風花《ふうか》は陶芸《とうげい》体験にもどることにした。

ふたたび、陶芸工房《とうげいこうぼう》に入る。

え⁉

「お蝶《ちょう》……」

思わず声をあげてしまった。さっき咲良《さくら》がかたづけたので、作業テーブルにはなにもなかった。でも、その横に、着物姿《すがた》のお蝶《ちょう》さんが立っていたのだ。

「なに？」

咲良《さくら》がけげんな顔を向けてくる。

「お、チョー！　さ、がんばるぞっていうかけ声」

ぼくは、忍者《にんじゃ》ポーズをとって、ごまかした。平井《ひらい》に聞かれたら、「そんなのダジャレじゃない」といわれそうだけど、咲良《さくら》は苦笑《くしょう》してくれた。

「やる気まんまんでいいな。じゃあ、最初に説明するね」

咲良《さくら》がマーカーを手にして、ホワイトボードに向かった。先生の代理として、一般的《いっぱんてき》な陶芸《とうげい》の手順を説明してくれる。
①粘土《ねんど》をよく練る
②形を作る（成型《せいけい》）
③②を乾燥《かんそう》させる（一～二週間）

④焼く（素焼《すや》き）
⑤絵付けをして、釉薬《ゆうやく》をかける
⑥焼く（本焼き）
「粘土《ねんど》をよく練らないと形が作りにくいし、素焼《すや》きのまえにちゃんと乾燥《かんそう》させないと、ひびが入ったり、割《わ》れたりすることがあるの。だから一日で全部を体験するのは無理なんだ。ほんとは拓《たく》くんは成型《せいけい》といって②の形を作るコースのはずだったんだよね。これ、手びねりや板《いた》作り、ろくろ作りとか、いろんなやり方があって楽しいし、先生がいたら、上手に教えてくれるんだけど、ごめんね」

そのやり方のひとつ、ろくろ作りを、風花《ふうか》はやってみたかったんだ。

「きょうは、ふたりとも⑤の絵付けをしよう」

「はい」

「よろしくお願いします」

ぼくはちらっと風花《ふうか》を見た。がっかりしている様子はない。今は先生が元気になってくれるほうが大事だからね。

ただ……。

横でお蝶《ちょう》さんがなにかいいいた気《げ》な顔をしている。

六　もうひとつの枕屏風《まくらびょうぶ》

咲良《さくら》はホワイトボードから壁《かべ》ぎわの棚《たな》へ移動《いどう》し、作業テーブルにいたぼくたちを手招《てまね》きした。

棚《たな》の下数段《だん》には大皿や大きな花瓶《かびん》、上の数段《だん》には小皿、マグカップ、茶《ちゃ》わんなど比較《ひかく》的小さなものが並《なら》んでいる。

「これは、幹彦《みきひこ》先生が作って素焼《すや》きまでしてあるものなの。ここから、どれか選んで、絵付けしよう」

「あたし、これにする」

風花《ふうか》はマグカップを選んだ。ぼくは迷《まよ》ったけど、十センチちょっとくらいの皿を手にした。

「拓《たく》くん、その小皿だったら、ご家族の分も絵付けさせてもらったら？」

「え、うち五人家族だよ」

「五枚《まい》ね。いいよ。そうだ、風花《ふうか》ちゃんは、平井《ひらい》くんの分も絵付けしたら？」

それ、平井《ひらい》がよろこぶに決まってる。

「うん、そうしたい。これ、ろくろで形を作ったときの筋《すじ》なの？」

風花《ふうか》が手にしている素焼《すや》きのマグカップは、どっしりしてて、まわりには筋《すじ》のようなものがある。

「そう。ろくろは、子どもの手だと大きい物ができないし、力加減《かげん》もむずかしいの。わたしは何度も失敗してる。いいぞっと思ったら、ぐしゃあっとなったり。厚《あっ》さが均一《きんいつ》にならなかったり」

「へえ、おもしろそう」

やっぱり、風花《ふうか》はろくろに未練があるみたいだ。

「焼くまえなら、もう一度練って、何度でもやりなおせるしね」

「そっか。いつかやってみたいな」

ということで、ぼくは小皿を五枚《まい》、風花《ふうか》はマグカップを二個《こ》、作業テーブルに運んだ。素焼《すや》きまでできている皿は、ちょっと白っぽい茶色だ。

咲良《さくら》は引き出しを開け、青い粉《こな》の入った透明《とうめい》な袋《ふくろ》も出してきた。

「絵付け用絵の具もいろいろあるんだけど、きょうはこれ、『呉須《ごす》』にしよう」

海や空よりもずっと濃《こ》くて鮮《あざ》やかな青だ。これが絵の具？

「ぼくたちが図工で使う絵の具とはちがうんだね」

「そうだよね。わたしもくわしい説明はできないんだけど、天然の鉱石《こうせき》から採《と》れる……みたい。その粉《こな》を使いやすくしたのが、学校で使うチューブの絵の具なんだって」

へえ、とは思ったけど、ちゃんと理解《りかい》はできてない。それが咲良《さくら》にも伝わったのかもしれない。

「むずかしいよね。先生は陶芸《とうげい》は科学だって、よくいってる。わたしもうまく説明できなくて、ごめんね」

「ううん。すごいなと思った」

ぼくと風花《ふうか》はそれぞれ白い小鉢《こばち》にその青い粉《こな》絵の具を入れ、水を加えて、小鉢《こばち》と同じ白い棒《ぼう》で練った。

さて、なにを描《か》こうか。

と、筆をかまえたときだ。

「ほんとは、拓《たく》さんひとりのときにゆっくりお話ししたいんですが……」

横でお蝶《ちょう》さんがぼそぼそとつぶやきだした。

「あたくし、このまえ、コタちゃんを追って佐伯《さえき》家の枕屏風《まくらびょうぶ》に飛びこみましたでしょ」

コタちゃん？

お蝶《ちょう》さんは、なんの説明もなくその名を口にした。きっとあの男の子のことだ。

「無我夢中《むがむちゅう》でしたの。でも一瞬《いっしゅん》でどこかに出たと思ったら、座敷《ざしき》ではなく蔵《くら》のなかでしたのよ。でも佐伯《さえき》家の蔵《くら》ではなかったのです。そこにはやはり枕屏風《まくらびょうぶ》があって……。ああ、うまく説明できませんわ」

お蝶《ちょう》さんがもどかしそうに話しつづけるけど、もどかしいのはぼくも同じだ。

咲良《さくら》の前なので相づちが打てないし、コタというのがあの男の子のことなのか、たしかめたくてもできない。

「外に出てみて、ここが戸隠《とがくし》だとはわかりました。それにあの男の子、コタちゃんがどういう子かということも。それでもっといろいろ調べたくて……。でも佐《さ》伯家《えき》だったら、亀吉《かめきち》さんの助けで本も読めたけど、ここでは調べようもなくて、あちこちをうろうろとして、人の話に耳をそばだてたり、公園に立っている観光案内板を読んだりしてましたの」

あの子がどういう子なのか、わかったんだったら、教えてほしい。でもお蝶《ちょう》さんの声はぼくにしか聞こえないし、今は反応《はんのう》できない。そのとき、ドアをすりぬ

けてトンボが入ってきた。そして男の子に変化《へんげ》する。

「お姉ちゃん、幹彦《みきひこ》が倒《たお》れたんだ！」

男の子が、泣きそうな顔でお蝶《ちょう》さんにすがりついた。

「まあ、大変。それで、今は？　どうされてらっしゃるの？」

お蝶《ちょう》さんが口に手を当て、聞きかえす。このふたり、すっかり打ち解《と》けてる様子だ。

「病院ってとこに行った。そこは白い服の人たちや機械がいっぱいで、おいら、こわくて、ぶるぶるふるえてたんだ。お姉ちゃんに会いたくて帰ってきた」

「幹彦《みきひこ》さんは、こちらのお宅《たく》の主《あるじ》です。数日拝見《はいけん》してただけですが、とてもやさしい方。小太郎《こたろう》ちゃんは、蔵《くら》にある枕屏風《まくらびょうぶ》のつくも神《がみ》なの」

絵付け用の筆を持ち、手が止まったままのぼくに、お蝶《ちょう》さんが説明してくれた。

小太郎《こたろう》だから、「コタ」なのだった。

コタはぽろぽろと泣いてお蝶《ちょう》さんに抱《だ》きつき、お蝶《ちょう》さんはやさしくコタの肩《かた》をそっとなでる。

「白い服の方たちは、お医者様よ。きっと幹彦《みきひこ》さんを助けてくださるわ」

風花《ふうか》はふたりの気配を感じたみたいで、ちらちらとお蝶《ちょう》さんとコタのいるあたりを見ていた。

「拓《たく》くん、本を参考にしてみる？」

なかなか描《か》きださないぼくを見かねて、咲良《さくら》が本を持ってきてくれた。

「ありがと」

いったん筆を置き、そのページをめくる。

それは、大皿や壺《つぼ》、茶わんなど、いろんな焼き物の写真が載《の》っている本だった。

表面に描《えが》かれているのは植物が多いけど、なんの形かはっきりしない模様《もよう》もある。

「あたくしにも、見せてくださいませ」

お蝶《ちょう》さんが興味《きょうみ》深そうにのぞいてくる。

次々と現《あらわ》れる写真を感心しながらながめていた。どれもりっぱだ。と思っていたときだ。

「これ!?」

後ろのほうでページをめくるぼくの手が止まった。お藤《ふじ》さんの本体である花瓶《かびん》の写真が載《の》っていたのだ。

「まあ、お藤《ふじ》姉さんだわ」

お蝶《ちょう》さんもおどろいている。

「これは幹彦《みきひこ》先生の作品集。先生が作った本なの。今拓《たく》くんが開いているページの花瓶《かびん》は、先生のご先祖《せんぞ》様が絵付けをしたものなんだって」

咲良《さくら》が教えてくれた。

あらためてその本の表紙を見ると、たしかに「信山幹彦《しのやまみきひこ》・著《ちょ》」とある。思わず顔を上げて、お蝶《ちょう》さんを見あげる。そして、もう一度花瓶《かびん》のページを開いた。

「そういうことなのですね！」

お蝶《ちょう》さんが、手を胸《むね》に当てる。

「絵付けにもいろいろなやり方があって、この場合は素焼《すや》きした器《うつわ》に釉薬《ゆうやく》をかけていったん焼いたあとに筆を入れてると思う。そうすれば繊細《せんさい》な色や模様《もよう》を描《えが》けるわけ。この方法、わたしはまだやったことないんだ」

陶芸《とうげい》の細かい説明が、頭を素通《すどお》りしていった。なんで、この本にお藤《ふじ》さんの本体が載《の》ってるわけ？　え、勘兵衛《かんべえ》が幹彦《みきひこ》先生のご先祖《せんぞ》ってこと？

ぼくは花瓶《かびん》の写真を指さして、きいた。

「この花瓶《かびん》に藤《ふじ》の絵を描《えが》いたのは信山勘兵衛《しのやまかんべえ》？　だよね」

「うん。よくわかったね。あ、写真の横に書いてあるか。勘兵衛《かんべえ》って人、そんなに有名だったわけではないんだけど、変わった絵を描《えが》く絵師《えし》だったらしいよ」

「変わった絵って……？」

どきっとする。

「伝説みたいなものだけど、きれいな女の人を描《えが》いていたら、できあがった絵はキツネだったり、すっごくかっこいい男の人を描《えが》いていたのに、人相の悪い絵が完成したり。でもそれは、その女や男の本性《ほんしょう》だったってわけ」

「それ、あたしも本で読んだことがあるよ。女の人はキツネが化けてたんでしょ」

風花《ふうか》が目をかがやかせる。

「うん。男のほうは詐欺師《さぎし》だったの。信山勘兵衛《しのやまかんべえ》は、『人間の本性《ほんしょう》を描《えが》く絵師《えし》』といわれてたらしい。勘兵衛《かんべえ》が生きていた江戸《えど》時代の話。気味が悪いと思う人と、おもしろがる人がいたみたいだね」

「すごい能力《のうりょく》だね」

風花《ふうか》は、だんぜん、おもしろがるほうだ。お蝶《ちょう》さんもいっしょに、うんうんとうなずいている。

「でも、勘兵衛《かんべえ》はその自分の能力《のうりょく》を恐《おそ》れて、人物を描《えが》かなくなったんだって。しばらくは江戸《えど》で風景《ふうけい》や動植物を描《えが》いた絵をお金持ちに買ってもらって暮《く》らしてたんだけど、そのあとは、ここふるさとの戸隠《とがくし》に帰ってきたんだ」

「あのね、咲良《さくら》ちゃん。実はこの花瓶《かびん》は、東京のぼくんちにあるんだよ。ほかにも勘兵衛《かんべえ》が描《えが》いた掛《か》け軸《じく》や襖《ふすま》、枕屏風《まくらびょうぶ》。それに急須《きゅうす》もある」

「え〜、これが拓《たく》くんちにあるの？」

こんどびっくりしたのは、咲良《さくら》だった。

「うん。信山勘兵衛《しのやまかんべえ》は、佐伯《さえき》家の先祖《せんぞ》が親しくしてた絵師《えし》だったたって、おじいちゃんがいってた」

「すごい！　幹彦《みきひこ》先生のご先祖《せんぞ》と拓《たく》くんちのご先祖《せんぞ》が、仲よかったってことね」

仲がいいなんて、子どもっぽい気もするけど、そうなんだ。

「さっ、絵付けを再開《さいかい》しよう」

咲良《さくら》にうながされた。でもぼくは急に具体的な「物」を描《か》くのがこわくなってきた。すると、咲良《さくら》が陶器《とうき》の欠片《かけら》を渡《わた》してくれた。

「試《ため》し描《が》きしてみたら」

「ありがとう」

その欠片《かけら》に何本か線を描《か》いてから、あらためて皿を手に取った。そして描《か》いたのは、コタを見ていると頭に浮《う》かぶ「？」マークだった。それだけじゃ変だから、渦巻模様《うずまきもよう》も描《か》く。

「そういうのも、いいね。じゃあ、つづけてて」

咲良《さくら》は「ちょっと旅館に行ってくる」といい残し、工房《こうぼう》を出ていった。

「拓《たく》さん！　今のお話で合点《がてん》がいきましたわ」

ぼくと風花《ふうか》だけになると、お蝶《ちょう》さんがすごい勢《いきお》いで話しだした。

「コタちゃんの主《あるじ》は、勘兵衛《かんべえ》のご子孫なのですね。ここは戸隠《とがくし》ですものね」

「そ、そうだけど。お蝶《ちょう》さん、ちょっと待って。落ちついて」

「お蝶《ちょう》さん？　そこにいるのはお蝶《ちょう》さんなんだね！」

風花《ふうか》もお蝶《ちょう》さんがいるところを（見えてはいなくても）じっと見つめる。

「お蝶《ちょう》さんはどうやってここに来たの？　枕屏風《まくらびょうぶ》の力で東京から戸隠《とがくし》にワープできたってことかな？　不思議すぎる」

「ワープ？」

お蝶《ちょう》さんがきょとんとして首をかしげた。お蝶《ちょう》さんの勉強範囲《はんい》にSFは入ってないようだ。

「瞬間移動《しゅんかんいどう》。歩かなくても、一瞬《いっしゅん》で離《はな》れた場所に行くことだよ」

ぼくの説明はわかりにくいのか、お蝶《ちょう》さんの表情《ひょうじょう》はかたいままだ。

「よくわかりませんが、ちがいますわ。『道』ができたんですの」

「道？」

信山《しのやま》家と佐伯《さえき》家が、枕屏風《まくらびょうぶ》でつながったのはわかる。でも「道」という言葉では、その不思議が解明《かいめい》されたとはいえない。

ぼくは、お蝶《ちょう》さんの横にいる男の子を見た。

「信山《しのやま》家には、コタのほかにも、つくも神《がみ》がいるの？」

「いいえ、コタちゃんだけですわ。

コタちゃん、拓《たく》さんとはこのまえもお会いしたでしょう。あたくしの家の方で、家守神《いえもりがみ》が見えるの。だから、コタちゃんのことも見えるのよ。勇敢《ゆうかん》だし、いい方だから安心して」

勇敢《ゆうかん》？　それは、どうかな。

ちょっと照れる。

「家守神《いえもりがみ》？」

コタが、お蝶《ちょう》さんを見あげた。

「そうよ。あたくしは、佐伯《さえき》家の家守神《いえもりがみ》。家を守っている存在《そんざい》なの。コタちゃんは、信山《しのやま》家の家守神《いえもりがみ》なんだわ」

「なんだ、それ」

コタは、ぷいっと横を向いた。

「はじめて聞く言葉だと、ぴんとこないよね。ぼくもそうだった」

ぼくはコタの前にしゃがみ、きいた。

「それより、ぼくたちがくるみ屋に着いたとき、きみも玄関《げんかん》に来て、咲良《さくら》ちゃんのことを見てたよね。あのときは、なにしてたの？」

「お、おいら」

コタは、さっきお蝶《ちょう》さんを見あげていたように、こんどはぼくを見た。

「おいら、くるみ屋にはよく遊びにいくんだ。だれもおいらのことは見えてなかったよ。それでもにぎやかだから、楽しかった。

咲良《さくら》のことは、赤ちゃんのときから知ってる。でもきょうは、おとなみたいな着物を着てたから、びっくりした。ちがう子みたいだったな」

それで、まじまじと咲良《さくら》を見てたってわけか。

たしかに咲良《さくら》が着物を着替《きが》えたときは、ずいぶん印象《いんしょう》がちがって見えた。

「そうだわ。信山家《しのやま》の枕屏風《まくらびょうぶ》を見にいきましょう。拓《たく》さん、その赤いマフラーを持ってきてくださいな。風花《ふうか》さんも、ごいっしょに」

お蝶《ちょう》さんが指さしたのは、工房《こうぼう》の壁《かべ》に掛《か》かっていたマフラー。きっと幹彦《みきひこ》先生のものだ。

「ねえ、さっきから、あたしには拓《たく》くんの声しか聞こえてないけど、『コタ』というつくも神《がみ》がいるのね、そうなのね」

風花《ふうか》は、気配とぼくの言葉で、だいたいのことは察しているようだ。

コタが真っ先に外へ飛びだした。ドアは開けず、金魚《きんぎょ》ちゃんたちみたいに、すりぬけていく。やっぱり家守神《いえもりがみ》たちと同じ存在《そんざい》なんだ。

お蝶《ちょう》さんが案内してくれたのは、同じ敷地《しきち》内にある古い蔵《くら》だった。

「いらして」

お蝶《ちょう》さんが扉《とびら》をすりぬけて入っていく。え、いいのかな。鍵《かぎ》はかかってなかったので、ぼくと風花《ふうか》は、いっしょにその重い扉《とびら》をぐいっと開けた。

「あっ」

おどろいた。

「ここ、おととい座敷《ざしき》の屏風《びょうぶ》に映《うつ》ったところだね」

佐伯《さえき》家の蔵《くら》には、庭仕事で使うスコップや庭ぼうき、自転車など、いろいろな物が置かれている。でも、ここはそうじゃない。がらんとしている。そして枕屏《まくらびょう》風《ぶ》だけが、ぽつんと広げられてあった。

その前に立ち、絵を見る。

佐伯《さえき》家の枕屏風《まくらびょうぶ》は色絵の具で描《えが》かれているけど、こっちは一色だ。墨《すみ》のようだけど、ちょっと青っぽい。

向かって右側には草、左側には古い大きな樽《たる》のようなものが描《えが》かれていた。

コタがトンボになり、すーっとその絵に入った。そのとたん、草の先にトンボの絵が浮《う》きあがった。

「あっ、トンボの絵が現《あらわ》れた！」

屏風《びょうぶ》を見ていた風花《ふうか》が、うれしそうな声をあげた。

「ハグロトンボですわ。これが、この屏風《びょうぶ》の本来の姿《すがた》」

お蝶《ちょう》さんがほほえんだ。

「これ、勘兵衛《かんべえ》が描《えが》いた絵なんだね」

「ええ」

ふたたびトンボが出てきて、男の子に変化《へんげ》した。

「今まで、おいらのことが見えた人間はいなかった。なのに、なんでお兄ちゃんは見えるんだ？」

「うん、それは……」

一から説明すると長くなりそうだ。

「勘兵衛《かんべえ》が描《えが》いた物を大事にしている家には、ときどき見える子が現《あらわ》れるんだ」

「ふうん」

「拓《たく》さん、そのマフラーを屏風《びょうぶ》にまとわせてくださいな」

お蝶《ちょう》さんの言葉にはっとして、手にしていた赤いマフラーを屏風《びょうぶ》にかけた。すると、すうっとマフラーが吸《す》いこまれ、コタが実体化した。首にはマフラーが巻《ま》かれていた。

なるほど。佐伯《さえき》家の家守神《いえもりがみ》たちが、家族の服を本体にまとわせることで実体化ができるように、コタはこの家の主《あるじ》である幹彦《みきひこ》先生の服などをまとうことで実体化するんだ。

「わあ、コタちゃん？　すごい、すごい」

風花《ふうか》、楽しそうだな。

風花《ふうか》にとってこれは、大好きな妖怪現象《ようかいげんしょう》なんだ。

「すげえ」

そして、コタにとってははじめての実体化だ。自分の手をさわったり、枕屏風《まくらびょうぶ》のまわりをさすったりして楽しんでいた。

バン。

いきなり走りだしたコタが、扉《とびら》に体をぶつけた。ふりむいてぼくたちを見ると、へへっと笑う。

「いつもなら、すっと向こうに出られるのに、出られない」

ぶつかることが、楽しいみたいだ。

「コタちゃんは、信山《しのやま》家の家守神《いえもりがみ》。でも、ずっとひとりだったので、自分がどういう性質《せいしつ》のものかはっきりわかってなかったのね。そして、家守神《いえもりがみ》であることもわからずにいたのですわ」

お蝶《ちょう》さんがしみじみとつぶやいた。

七　道がふたたび！

開けたままにしていた入り口から光は差しているけど、蔵《くら》はやはり薄暗《うすぐら》い。ぼくは、目をこらして、枕屏風《まくらびょうぶ》の絵を見た。

右側にある草は、よく道ばたで見かけるものだ。絵だからなのか、かなり大きい。

「これは、なに？　樽《たる》？」

左側に描《えが》かれている物を指さしてお蝶《ちょう》さんを見た。

「拓《たく》さん、これは井戸《いど》ですわ。ここは、きっと勘兵衛《かんべえ》さんが住んでいた江戸《えど》の長屋の一角なの。佐伯《さえき》家のご先祖《せんぞ》も、この井戸《いど》を共同で使っていた長屋に住んでいらしたのよ」

井戸《いど》なら、佐伯《さえき》家の庭にも、もう使ってなくて木でふたをしているのがある。

「水道がなかったむかしは、井戸《いど》で水をくんでたんだものね」

「ええ。長屋の大家さんはとてもいい方で、勘兵衛《かんべえ》さんが描《えが》いた絵を売って生活ができるように、知り合いの名主《なぬし》さんや大店《おおだな》の主《あるじ》を紹介《しょうかい》してくださってたんですの。長屋のほかのみなさんにも親切にしていただいたわけ。だから、戸隠《とがくし》に帰ったあと、みなさんをなつかしく思いだしてたのでしょうね」

「これは墨《すみ》なの？　ちょっと青っぽいから、呉須《ごす》みたいなものなの？」

とはいえ、さっき陶芸《とうげい》体験で使った絵の具ほど青くはない。

「墨《すみ》だと思うよ」

答えたのは風花《ふうか》だった。

「さっきから思ってたんだけど、これ、特別な墨《すみ》で描《えが》いたんじゃないかな」

「特別って？」

ぼくはメガネをはずして絵に見入っている風花《ふうか》の横顔とその屏風《びょうぶ》の絵を、交互《こうご》に見た。風花《ふうか》が妖怪《ようかい》を感じる力は、メガネをはずしたほうがアップするんだ。

そのときだった。

見ていた枕屏風《まくらびょうぶ》の絵が、すーっと消えていった。

「わわわ」

そこに、佐伯《さえき》家の座敷《ざしき》が映《うつ》る。

お藤《ふじ》さん、金魚《きんぎょ》ちゃん、鶴吉《つるきち》さん、亀吉《かめきち》さんがいる。

「わ〜、たっくーん。ああ、お蝶《ちょう》姉さんだ」

金魚《きんぎょ》ちゃんのどアップだ！

「金魚《きんぎょ》、おどき。お蝶《ちょう》、だいじょうぶかい？」

お藤《ふじ》さんが金魚《きんぎょ》ちゃんを脇《わき》によせ、身を乗りだす。

「お藤《ふじ》姉さん、だいじょうぶですわ。心配をおかけしました」

「お蝶《ちょう》さん、ぼっちゃんと会えたのですね。よかったです」

「拓《たく》がお蝶《ちょう》を見つけたのか。なんだ、このまえの子どももいるじゃないか」

まるで四人の姿《すがた》が屏風《びょうぶ》に描《えが》かれているみたいに並《なら》んで、口々にいう。

「お蝶《ちょう》姉さん、おらがいちばん心配したんだよ」

金魚《きんぎょ》ちゃんも少し落ちついたようだ。

「拓《たく》くん、あたしには、今までどおりの井戸《いど》と草の絵にしか見えてないんだけどなにかこの屏風《びょうぶ》に変化が起きてるんだね」

風花《ふうか》が枕屏風《まくらびょうぶ》をじっと見つめながらきいてきた。

「う、うん。佐伯《さえき》家に残っている家守神《いえもりがみ》たちが、映《うつ》ってるんだ」

「オンラインでつながったみたいってこと？　すごい」

まさにだ。

「見えないの、くやしいな」

そういいながらも、風花《ふうか》の顔は明るい。

くやしいのは事実だろう。でも、風花《ふうか》はその気持ちにとらわれる子じゃない。

「ふたたび、『道』がつながったのですね」

お蝶《ちょう》さんが晴れやかな笑顔《えがお》になる。

「道がつながった……。佐伯《さえき》家の屏風《びょうぶ》とこの屏風《びょうぶ》のあいだに道ができたってこと？」

わかるような、わからないような……と思っていたら、風花《ふうか》がぱっと、目を見開いた。

「道？　オンラインでつながってても、ライン、つまり線は見えないよね。そういう感じかな」

ほら。風花《ふうか》は見えなくても、こうして理解《りかい》できるんだ。

「でも、不思議ですわ。実はこちらに来た翌日《よくじつ》、試《ため》しにもう一度『道』を通って佐伯《さえき》家にもどろうとしたのですが、屏風《びょうぶ》をすりぬけるだけだったのです」

お蝶《ちょう》さんが首をかしげた。つまりこの「道」はずっと通じているわけではないんだ。それなら、テレビやタブレットの電源《でんげん》ボタンのようなものがきっとあるはずだ。

「ね、今そっちで、なにかした？」

ぼくは、屏風《びょうぶ》の向こう側にいる四人の家守神《いえもりがみ》たちにたずねた。

「特別なことはしてないけどねえ」

お藤《ふじ》さんが眉《まゆ》をひそめながら、ちらっと金魚《きんぎょ》ちゃんを見おろす。

「金魚《きんぎょ》ちゃんが何度か屏風《びょうぶ》に入ろうとしたのですが、すりぬけてしまい、とうとう泣きだしたのですよ」

と、亀吉《かめきち》さんがいう。なるほど、金魚《きんぎょ》ちゃん、泣いたような顔をしている。

「それで、泣いたまま屏風《びょうぶ》に顔をつけて『お蝶《ちょう》姉さん』と呼《よ》んだところ、こうしてそちらとつながることができたのです」

亀吉《かめきち》さんの目も、うるうるしている。

「オンラインでつながるには、パソコンのスイッチを入れる動作が必要だけど、この屏風《びょうぶ》の場合はどうなんだろう」

風花《ふうか》は、ぼくと家守神《いえもりがみ》たちのやりとりとは別に考えていたみたいだ。そうつぶやく。すると、お藤《ふじ》さんがいった。

「金魚《きんぎょ》の涙《なみだ》じゃないかい?」

「涙《なみだ》？　それだ！」

よく見ると、金魚《きんぎょ》ちゃんが映《うつ》っているところが少しぬれている。

ぼくは、コタを見おろしてきいた。

「ねえ、コタ。コタがうちに来たときも、泣いてたんじゃない？」

「う、うん」

「やっぱりだ。きっと家守神《いえもりがみ》の涙《なみだ》がスイッチになって、『道』ができたんだ」

ぬれること自体が、スイッチになるのか。それとも、涙《なみだ》の必要があるのか、まだわからない。

「おらのお手がらってことだな」

金魚《きんぎょ》ちゃんが、「へへ」と笑い、その様子をコタが複雑《ふくざつ》な表情《ひょうじょう》で見ていた。

「コタちゃん、この蔵《くら》の枕屏風《まくらびょうぶ》や持ち主のことを、向こうの方たちに教えてさしあげて」

コタはお蝶《ちょう》さんにうなずくと、話しだした。

「幹彦《みきひこ》は、とうさんやかあさんが死んでからは、ずっとひとりで暮《く》らしてた。でも年とってきて、お年寄《としよ》りが入る施設《しせつ》に行くことを決めたんだ。

この蔵《くら》にあったほかの物は、古い物を売り買いしている骨董屋《こっとうや》って人が来て、その人にみんな売ってしまった。幹彦《みきひこ》は店の人に『くれぐれも、大切にしてくれる人に売ってください』と念押《ねんお》ししてた。でも、この屏風《びょうぶ》はご先祖《せんぞ》の勘兵衛《かんべえ》が描《えが》いたものだからって、売らずに残してたんだ。お正月だけ居間《いま》に出して、大事にしてたからな。

幹彦《みきひこ》は何日もここでこれを広げたまま『かといって、これを施設《しせつ》には持っていけないよな。どうしようか。やっぱり売るしかないのかな』って、迷《まよ》ってたんだ。おいら、それをずっと見てて、だんだん不安になってきた」

「本体の屏風《びょうぶ》を売られてしまうかもと思ったのね」

お蝶《ちょう》さんがしゃがんで、コタの手を取った。コタはお蝶《ちょう》さんを見て、涙《なみだ》ぐむ。

「うん。おいら、幹彦《みきひこ》になにもしてやれないし、どうしたらいいかわからなくて、『だれか助けて』って、泣いて枕屏風《まくらびょうぶ》から出たんだ。この屏風《びょうぶ》から出たはずだったのに、ちがった。そっちにある屏風《びょうぶ》だったんだ。おどろいたよ」

風花《ふうか》はコタの顔を見つめながら、うなずいている。そして、枕屏風《まくらびょうぶ》に向かって声をかけた。

「亀吉《かめきち》さん、そこにいるんだよね。今そっちに拓《たく》くんのおじいちゃんがいないんだったら、拓《たく》くんかご家族の服をみんなの本体にまとわせて、実体化してくれない？　そしたら、あたしにもみんなが見えるかも」

そのときはっとした。今まで風花《ふうか》は、実体のある亀吉《かめきち》さんなら見えていた。でもこの屏風《びょうぶ》に映《うつ》っているようには見えないんだ。もともと描《えが》いてあった江戸《えど》時代の長屋の絵が見えてるだけなんだ。

「そうですね」

亀吉《かめきち》さんが座敷《ざしき》を出て、物置部屋から古い服を運んできた。きっとおじいちゃんやおばあちゃんの若《わか》いころの服だ。画面には見えないけど、掛《か》け軸《じく》や花瓶《かびん》、急《きゅう》須《す》や襖《ふすま》の鶴《つる》の絵に、服をまとわせたのだろう。それぞれの姿《すがた》で実体化した。鶴吉《つるきち》さんが着た古いポロシャツはふつうに似《に》あうけど、お藤《ふじ》さんが着たワンピースのデザインはレトロだなあ。金魚《きんぎょ》ちゃんは、ぼくが着られなくなったよれよれのT

シャツとハーフパンツだ。

「あたしは、これじゃなく、真由《まゆ》がこのまえ買ってきた『ワイドパンツ』とかいうふんわりしたズボンがよかった」

「せば、おらがその服着る」

「金魚《きんぎょ》、おまえにこの服は大きすぎるだろ」

またお藤《ふじ》さんと金魚《きんぎょ》ちゃんがいい合い、亀吉《かめきち》さんが「まあまあ」とふたりをなだめる。

「がまんしてください。ぼっちゃんがいないんですから、ご家族の部屋から無断《むだん》で服を持ちださないほうがいいです」

実体化できれば、それでいいじゃないか。だって……。

ぼくは、お蝶《ちょう》さんと風花《ふうか》を見た。お蝶《ちょう》さんはいつもの着物姿《すがた》のまま、半透明《はんとうめい》だ。

実体化してなかった。

「見えない。もとの枕屛風《まくらびょうぶ》のままだ」

そして、風花《ふうか》はがっかりしていた。

「おや、急須《きゅうす》にも宏子《ひろこ》さんの服をまとわせたのですが……」

宏子《ひろこ》というのは、おばあちゃんのことだ。

『道』がつながったといっても、実際《じっさい》にはかなりの距離《きょり》があるからだろうか」

亀吉《かめきち》さんと鶴吉《つるきち》さんが、つぶやきあう。

「お蝶《ちょう》さん、実体化できなかったんだ。それにやっぱりあたしには、みんなが見えないし、声も聞こえない。でも、いい。しかたないよ。みんなには、あたしが見えてるんだしね」

気持ちを切《き》り替《か》えたみたいだ。風花《ふうか》が枕屏風《まくらびょうぶ》に向かって手をふる。

「風花《ふうか》ちゃん、やっほー」

金魚《きんぎょ》ちゃんがはしゃいだ。でも、すぐにまたむくれた。

「でもやっぱし、お蝶《ちょう》姉さんだけそっちさ行って、ずれえ」

ぷつっ。

そのとき、急に画面が消えた。

「あれ？　どうして……もとの絵にもどった」

ぼくはおろおろしてたけど、風花《ふうか》は、コタの肩《かた》に手を置いたまま、冷静に枕屏《まくらびょう》風《ぶ》を見ていた。

「『道』がまた閉《と》じてしまったんじゃないかな。きっと金魚《きんぎょ》ちゃんの涙《なみだ》が乾《かわ》いたんだよ。あたしにはぬれてる部分が見えなかったけど、今はどう？」

さっき金魚《きんぎょ》ちゃんの涙《なみだ》でぬれていたところはもう乾《かわ》いていた、と風花《ふうか》に伝える。

「行き来ができるのは、コタとお蝶《ちょう》さんだけなの？」

もとの絵にもどった屏風《びょうぶ》を見ながら、お蝶《ちょう》さんにきいた。

「どうなのでしょう。あたくしの本体の絵は、コタちゃんと同じ昆虫《こんちゅう》だからでしょうか」

どうなんだろう。でも、道を通れなくても、さっきみたいに、枕屏風越《まくらびょうぶご》しで話ができるならひと安心だ（だれかが、泣かなきゃいけないんだろうけど）。

「涙《なみだ》という要素《ようそ》もあるかもだけど、勘兵衛《かんべえ》に描《えが》かれたこのふたつの屏風《びょうぶ》が、コタちゃんの声に応《こた》えたのかもね」

風花《ふうか》らしいコメントだ。

あ、そうだ。それに、さっきから気になっていたことがあった。

「さっきコタは、咲良《さくら》ちゃんの影《かげ》から出てきたよね。そしたら、それまで動けなかった咲良《さくら》ちゃんが動けるようになった。あれはどういうこと？　コタがなにかしたの？」

「お、おいら、なんでか知らないけど、トンボのときだと、人とか生き物の影《かげ》に入ることができるんだ。そうすると、そいつは動かなくなる。まえはよく、公園で遊んでる小さい子の影《かげ》に入って、その子が動けなくなるのがおもしろくてやってたんだけどさ。子どもは泣くし、親があわてるし。おまわりさんが来て大騒《さわ》ぎになったこともあった。そういうのを見て、だめなことなのかなと思ってやらなくなってた。

でもあのときは、咲良《さくら》がせっかく家のほうに来たのに、小屋には行かないでもどろうとしただろ。幹彦《みきひこ》が倒《たお》れてることをなんとか知らせたかったから、影《かげ》に入って止めたんだ」

「すごい力だね」

ぼくが感心していたら、風花《ふうか》がいきなり立ちあがった。

「拓《たく》くん、コタちゃん、それ、忍法墨流《にんぽうすみなが》しの術《じゅつ》だよ」

この興奮《こうふん》具合は、妖怪《ようかい》がらみでひらめいたことがあるってことだ。そういえば、さっき特別な墨《すみ》とかっていってたっけ。

「忍法《にんぽう》？　どういうこと？」

風花《ふうか》は、きっと意気揚々《いきようよう》と語りだすだろう。と思っていたのに……。

「拓《たく》くーん、風花《ふうか》ちゃーん」

外で咲良《さくら》の声がした。

まずい。今はまだ咲良《さくら》に家守神《いえもりがみ》のことを話せない。

ぼくはあわててコタからマフラーをはずし、実体化を解《と》いた。

そして、蔵《くら》に来た咲良《さくら》に、「ごめん。うちにも似《に》た蔵《くら》があるから、気になって来てみてたんだ。少し寒くて、先生のマフラー借りちゃった」とごまかし、工房《こうぼう》で絵付けを再開《さいかい》した。

風花《ふうか》は、いろいろな文房具《ぶんぼうぐ》に手足が生えているコミカルタッチなつくも神《がみ》の絵を描《か》いていく。ん？　ちゃっかりと、ろくろっ首もいるじゃないか。つぎに取りかかった、鍋《なべ》やフライパンなど調理道具に手足が生えている絵は、平井《ひらい》用だな。

こうして風花《ふうか》はマグカップをふたつ仕上げ、ぼくは、五枚《まい》の小皿に「？」マークと渦巻模様《うずまきもよう》を描《か》き足していった。

絵付けした器《うつわ》は、あとで幹彦《みきひこ》先生が焼いてくれる。できたら、東京へ送ってもらえるという。

すると、ぼくの横にいたコタが、か細い声を出した。

「おいら、幹彦《みきひこ》には、ずっとここにいてもらいたい。でも、きょうみたいに倒《たお》れたら大変だから、やっぱり無理なのかな」

どうしたらいいんだろう。コタにどう返事をしたらいいかわからず、ぼくは半《はん》透明《とうめい》のお蝶《ちょう》さんを見あげた。

八　戸隠《とがくし》の春

　ぼくと風花《ふうか》はそれぞれの部屋で着替《きが》えた。夕食の時間になり、咲良《さくら》の両親、平《ひら》井《い》、そして咲良《さくら》が食事を運んできてくれる。

「平井《ひらい》くんの包丁《ほうちょう》さばきにはおどろいた。将来《しょうらい》はうちに就職《しゅうしょく》してもらいたいよ」

「ほんとうにねえ。さあ、ゆっくりお召《め》しあがりくださいね」

　料理長である咲良《さくら》のおとうさんが平井《ひらい》をべたぼめし、女将《おかみ》とともに部屋を出ていく。

　咲良《さくら》の家族は旅館の仕事できっといそがしいんだろう。でも少しいっしょにいただけで、みんないい人たちで、信頼《しんらい》しあっていることが伝わってきた。

　でも幹彦《みきひこ》先生はいつもひとりだったんだな。コタがそんな幹彦《みきひこ》先生のそばにいたんだ。そして、今は、コタとお蝶《ちょう》さんが留守《るす》になった信山《しのやま》家にいる。

テーブルにずらりと並《なら》んだ料理は、どれも咲良《さくら》のおとうさんである料理長やほかの板前《いたまえ》さんの指導《しどう》の下《もと》で、平井《ひらい》が作ったものだった。

「平井《ひらい》、さすがだ」

「わあ、新《しん》ちゃん、おいしそう！」

「平井《ひらい》くん、ここまでお見事とは思わなかったわ〜」

咲良《さくら》が平井《ひらい》の料理に感心している。ぼくもほこらしい気持ちになりながら、テーブルについた。

手まり寿司《ずし》という、丸いお寿司《すし》がかわいい。煮物《にもの》には花形に切ったニンジンが添《そ》えられている。ふたのついている器《うつわ》は、きっと茶わん蒸《む》しだ。これだけならふつうの旅館料理だけど、子ども向けに、煮込《にこ》みハンバーグやポテトサラダもあった。

「ほかのお客さんの料理もあるから、おれ、じゃまにならないか心配だったけど、料理長はてきぱきしてて、すっげえよ。勉強になったー。コツはこつこつ手を動かすことだな」

平井《ひらい》は、大満足だ。

「お吸《す》い物《もの》も、いいお味だよ」

咲良《さくら》にほめられて、さらによろこぶ。

「そっちはどうだったんだ？」

「うん。実は、陶芸《とうげい》教室の先生が倒《たお》れちゃってね。急きょ咲良《さくら》ちゃんが先生になってくれたんだ」

「ええ！　大変だったんだな」

「でも、先生は無事だったし、体験もしっかりできたよ。あたしは、新《しん》ちゃんのマグカップも絵付けしたから、楽しみにしてて」

「マジ？」

平井《ひらい》は浮《う》かれて、飛びあがりそうなほどだ。風花《ふうか》とペアってことだからね。

「にぎやかで、楽しいね」

咲良《さくら》もいっしょに食事をしながら、幹彦《みきひこ》先生のことを説明してくれた。

先生は長野市役所に勤《つと》めながら、休日に陶芸《とうげい》教室で腕《うで》をみがいていた。退職《たいしょく》してからはさらに陶芸《とうげい》に没頭《ぼっとう》し、十年まえから自宅《じたく》で教室を開いていたのだという。

「生徒は十数人で、そのひとりがわたしってわけ。

でも最近体調をくずすことが多くて、悩《なや》んでいたみたい。結局、教室はだれかに引きついで、介護施設《かいごしせつ》に入居《にゅうきょ》することを決めたの」

コタがいってたことと同じだと思いながら、ぼくはハンバーグを口に入れた。

「平井《ひらい》、これ、おいしいなあ」

「だろ。ハンバーグはおれの得意《とくい》料理だけど、きょうは料理長から、秘伝《ひでん》を教えてもらったんだ」

「秘伝《ひでん》？　忍法《にんぽう》みたいだね」

風花《ふうか》が身を乗りだした。

「忍法《にんぽう》？　まあな。でも料理長は『料理は科学だ』っていってた」

それ、咲良《さくら》から聞いた幹彦《みきひこ》先生の言葉といっしょだ。

「あ、これとこれは、幹彦《みきひこ》先生が作った器《うつわ》だよ」

咲良《さくら》は、ハンバーグとポテトサラダの入っていた器《うつわ》を指さした。ハンバーグは少し厚《あつ》めの白い皿、ポテトサラダは、青いウサギの絵が描《えが》かれている皿に盛《も》られていた。

デザートのアプリコットケーキもおいしい。長野県はアンズの木がたくさんあるので、夏に採《と》れた実をドライフルーツにして混《ま》ぜこんでいるのだと聞いた。

いろんな味を楽しめた。

「平井《ひらい》、ごちそうさま」

「新《しん》ちゃん、おいしかったよ」

「わたしも料理したくなっちゃった」

ぼくたちは口々に、平井《ひらい》の料理をほめた。

「おう。おれにとっては、『ごちそうさま』という言葉こそが、ごちそうだ。あ、これはダジャレになってねえな。まだまだ修業《しゅぎょう》がたりない」

くくっ。

風花《ふうか》と咲良《さくら》も笑っている。

ちょっと窓《まど》を開けてみたら、空気が冷たい。

星空が見えた。

平井《ひらい》とふたりになってから、ぼくはきょう明らかになったコタのことを打ち明けた。


戸隠《とがくし》、二日目。

午前中は、くるみ屋のワゴン車で戸隠《とがくし》神社に連れていってもらった。おばあちゃんと大女将《おおおかみ》もいっしょなので、六人だ。

ふもとの町はもう春なのに、山にはまだ雪がたっぷりとある。

ぼくたちはくるみ屋から借りた長靴《ながぐつ》をはいて、杉並木《すぎなみき》の雪道を歩いた。

ゆるい上り坂だけど、ころばずに歩けるのは、長靴《ながぐつ》の底がしっかりしているからだ。ひと冬雪でおおわれている戸隠《とがくし》では、雪への備《そな》えが万全なんだ。そういえば、旅館の駐車場《ちゅうしゃじょう》にも除雪《じょせつ》機や雪かき用の大きなスコップがたくさんあったっけ。

木々の向こうにも、また木があって、その奥《おく》は暗い。

今にも忍者《にんじゃ》が飛びだしてきそうだ。

「わあっ」

忍者《にんじゃ》は来なかったけど、雪玉が飛んできた。

「平井《ひらい》、やったな」

ぼくも雪玉を作り、ほうる。あー、はずれ。

雪玉は木と木のあいだを飛んでいき、暗がりに落ちた。

風花《ふうか》と咲良《さくら》も雪合戦に参加。

雪玉を作っては投げ、作っては投げ、参道を進んだ。

ふう。汗《あせ》ばんできた。

平井《ひらい》は落ちていた枝《えだ》を拾い、楽しそうに「はあー」と、武術《ぶじゅつ》の真似《まね》をしている。

「鬼女紅葉《きじょもみじ》も、ここを歩いたことあるのかも」

風花《ふうか》が歩きながらぼそりという。

「え、鬼女紅葉《きじょもみじ》って、残虐《ざんぎゃく》な妖怪《ようかい》なんだろ？　神社にお参りなんてするかな」

平井《ひらい》はそういうが、ぼくは、こういうところに来たら正体がばれてしまうから、近づかなかったんじゃないかと思った。

「持ってきてた『信濃《しなの》のふしぎ』という本を夕べ読んでたんだけど、紅葉《もみじ》は、来た最初のころは、里の人たちに薬草から薬を作ってあげたり、都の話を聞かせたりして、楽しく過《す》ごしてたんだって。だから、『鬼女《きじょ》』じゃなかった時期もあったんだよ」

新幹線《しんかんせん》では『信濃《しなの》の妖怪《ようかい》たち』を出してたけど、もう一冊《さつ》持ってきてたのか。恐《おそ》ろしい妖怪《ようかい》にもいいところを見つける風花《ふうか》に、ほっこりする。

「三年生のときだったかな。わたしは、地元調べの学習で、戸隠《とがくし》に伝わる伝説として本を読んだけど、風花《ふうか》ちゃん、すごいね」

咲良《さくら》が感心して聞いている。

「こんな静かな道を歩いてると、だれだっておごそかな気持ちになるよね」

「そうだね。力持ちの神様がほうり投げた岩戸が、この山になったっていうしね」

これは、お蝶《ちょう》さんから聞いたことだ。

「拓《たく》くん、それ、天照大神《あまてらすおおみかみ》伝説のことでしょ」

さすが、風花《ふうか》。知ってたんだ。

鬼女紅葉《きじょもみじ》はどうかわからないけど、勘兵衛《かんべえ》はここを歩いたんじゃないかな。うん、きっと歩いた。

日なたの雪はきらきらしている。もう春の雪だからか、シャーベット状《じょう》になっているところが多い。

「なあ、木のまわりだけ、雪が丸く解《と》けかかっているのはなんでなんだ？」

平井《ひらい》が手にしていた枝《えだ》で、その部分をさした。たしかに、どの木もまわりがへこんでいる。地面の土が見えているところもある。

「あれは『根開《ねあ》け』っていうのよ。暖《あたた》かくなると、木の根元のまわりから雪が解《と》けて、穴《あな》が開いてるように見えるの」

後ろから大女将《おおおかみ》の声。ふりかえると、おばあちゃんもなつかしそうにながめている。

「うん。あれが見えてくると春だなって思う」

咲良《さくら》がうなずいた。

戸隠《とがくし》も、もう春なんだ。

パンッ、パンッ。

柏手《かしわで》を打って、手を合わせる。

しまった。なにをお願いするか、考えてなかった。ちらっと右を見ると、平井《ひらい》が深々と頭を下げている。左では風花《ふうか》がきりっとした顔で、お宮を見すえていた。

そのとき、すうっと冷たい風がほおをなでていった。

あれ。

しゃきんとした気持ちになり、背《せ》を伸《の》ばした。べつになんのお願いもしなかったけど、それでいい。それから、深くおじぎをして、お参りをすませた。

九　忍法墨流《にんぽうすみなが》しの術《じゅつ》

くるみ屋の前で、ぼくたち子どもだけが先に車から降《お》りた。おばあちゃんと大女将《おおおかみ》は、しんせきの家に行くといい、そのまま車で出かけていった。

「先に、お部屋へ行ってて」

咲良《さくら》と別れ、ぼくと平井《ひらい》は柊《ひいらぎ》の間《ま》に行った。風花《ふうか》はいったん自分の部屋にもどって、本を手に柊《ひいらぎ》の間《ま》に来た。

そして、「ねえ、これ」と、テーブルの上に本を置く。

戸隠神社《とがくし》が表紙の本、『信濃《しなの》のふしぎ』だった。

「ここ、読んでみて」

風花《ふうか》が開いたページには、黒々と太い文字で「忍法墨流《にんぽうすみなが》しの術《じゅつ》」と書かれている。

そうだ。コタが影《かげ》に入ることができると話していたとき、風花《ふうか》が興奮《こうふん》気味にいってたっけ。それからずっと聞きそびれていたんだ。

忍者《にんじゃ》のイラストもあった。その忍者《にんじゃ》は、竹筒《たけづつ》のようなものから別の忍者《にんじゃ》の影《かげ》に黒い液体《えきたい》を注ぎ入れている。

ぼくと平井《ひらい》は頭を寄《よ》せて、そのページを読んでいった。

むかし、戸隠《とがくし》で忍術修行《にんじゅつしゅぎょう》をしていた男がいた。しかしどうしてもほかの者のようにうまく忍術《にんじゅつ》を会得《えとく》することができない。

自分は忍者《にんじゃ》には向いていないのではないか、なれないのではないかと悩《なや》み、山をさまよっていたある日、行き倒《だお》れになっていた老人と出会う。

「しっかりなさい」

自分の家へ連れていき、わずかに残っていた米でお粥《かゆ》を炊《た》いて食べさせると、老人は元気をとりもどした。すると一本の墨《すみ》を懐《ふところ》から出し、それを忍者《にんじゃ》の手にのせた。

「ここ、戸隠《とがくし》の宮のご神木は杉《すぎ》だが、かつて松をご神木《しんぼく》にしていた小さな宮があった。しかし戦国の世の動乱《どうらん》に、宮はすたれた。

その宮の眷属《けんぞく》、つまり神の使いとされていた鹿もまた、その戦《いくさ》のさなか、矢があたり死んだ。

これはご神木だった松の木を焼いたときに出た煤《すす》を、眷属《けんぞく》であった鹿の皮と骨《ほね》から作った膠《にかわ》（注・古くからある接着剤《せっちゃくざい》の一種。固形の墨《すみ》を作るときに必要な材料）で固めた墨《すみ》だ。

これをすった墨汁《ぼくじゅう》を竹筒《たけづつ》に入れ、持ち歩きなされ。人の影《かげ》にその墨《すみ》を流すと、その者はそこから動けなくなる。おそらく、この地を離《はな》れずに守っていたいという鹿の思念《しねん》によるものだろう」

男が仲間の忍者《にんじゃ》に試《ため》してみると、たしかにその者は動けなくなった。そして「なんだ、なぜだ」ともがく仲間の影《かげ》を水で洗《あら》うと、墨《すみ》も流れ、ふたたび動けるようになるのだった。

その忍者《にんじゃ》は、「忍法墨流《にんぽうすみなが》しの術《じゅつ》」を編《あ》みだしたと評判《ひょうばん》になる。

しかしすればするほど、墨《すみ》は減《へ》っていく。

男はこの墨《すみ》がなくなっては大変だとうろたえた。それからは墨《すみ》を使うことをやめ必死に修行《しゅぎょう》をしてほかの術《じゅつ》を身につけた。

後年りっぱな戸《と》隠流忍者《がくしりゅうにんじゃ》に成長した男は、ふと思いだしその墨《すみ》をさがしたが、人目につかないようかくしていた場所にはなにもなかった。

そのあと、墨《すみ》の行方《ゆくえ》は知れない。


というものだった。

頭のなかに、黒い墨《すみ》が人の影《かげ》に注がれる様子や、その人が動けなくなりじたばたとあがいている姿《すがた》が思いうかぶ。そして、はっとなった。

風花《ふうか》と顔を見あわせる。

「そう。つまりね、きっと勘兵衛《かんべえ》は、この忍者《にんじゃ》が忍法《にんぽう》に使った墨《すみ》を手に入れて、それでコタちゃんを描《えが》いたんだよ。コタちゃんが人の影《かげ》に入ると、その人が動けなくなる。これ、まさに墨流《すみなが》しの術《じゅつ》でしょ」

風花《ふうか》がガッツポーズをした。

「風花《ふうか》の『おスミつき』だな。まちがいない」

平井《ひらい》のダジャレはいつもに比《くら》べ、いまいちだ。けど、風花《ふうか》は自分の妖怪知識《ようかいちしき》がほめられたから、よろこんで「いいね！」と笑顔《えがお》を返す。

なるほど。風花《ふうか》の不思議現象《げんしょう》へのアンテナのおかげで、『信濃《しなの》のふしぎ』に書かれていることとコタの力が見えない線で結びついたみたいだ。

「ところでさ」

ぼくは、ふたりにききたいことがあった。

「きょう、神社でなにをお願いしたの？」

「え？　おれはべつに」

平井《ひらい》はきょとんとした顔をぼくに向ける。

「なにもお願いしなかったの？」

「ああ。うまい空気を吸《す》って、『ありがてえな』って思ってた。旅館の料理、どれもすげえ、うまいだろ。空気が澄《す》んでて、水がおいしいからなんだ。

いってみれば、おいしいものをありがとう！　って感じかな」

もっと料理がうまくなりますようにとかじゃないんだ。でも、おいしいものを食べられることに感謝《かんしゃ》するってのは、平井《ひらい》らしい。

「あたしは……」

風花《ふうか》がぼくを見つめてくる。妖怪《ようかい》の気配を感じることができる風花《ふうか》の目は、メガネ越《ご》しでも力強い。

「あたしは最初は『妖怪《ようかい》のことが一生の仕事になりますように』ってお願いしようとしてた。でもそのとき、すっと風が吹《ふ》いてきて、『ちがう！』って思ったの」

風花《ふうか》も、あの風を感じたんだ。きっと平井《ひらい》もだ。

「ちがう？」

「うん。これは、神様にお願いすることじゃない。自分ががんばることだって、思った」

平井《ひらい》は感謝《かんしゃ》、風花《ふうか》は自分ががんばるべきだと思ったんだ。ふたりとも神様にお願いごとをしなかったんだ！

「ぼくも、なにか願いたかったけど、やめたんだ」

「それで、いいんだよ。あそこは、なにかをお願いするところじゃない」

風花《ふうか》は『信濃《しなの》のふしぎ』の表紙をそっとなでていた。

十　ふたつの家のつながり

「幹彦《みきひこ》先生が退院《たいいん》してきたよ。おかあさんに連絡《れんらく》が入ったの。先生の家へ行こう」

風呂敷《ふろしき》包みをかかえた咲良《さくら》といっしょにぼくたちは、幹彦《みきひこ》先生の家へ行った。

「先生！　咲良《さくら》です」

咲良《さくら》が玄関《げんかん》のドアを開け、声をかける。

「おお、咲良《さくら》ちゃん。どうぞ入って」

低いけど張《は》りのある声がかえってきた。

「先生、おかえりなさい。よかった。心配しました」

「おじゃまします」

慣《な》れた様子で靴《くつ》を脱《ぬ》ぎ、家にあがっていく咲良《さくら》のあとに、ぼくらも入る。

「咲良《さくら》ちゃん。心配かけちゃったね。あ、こちらが陶芸《とうげい》体験の方たちかな」

こたつに入っている老人が、ぼくたちを見あげた。

――幹彦《みきひこ》!

トンボ姿《すがた》のコタがそのまわりを飛んでいる。お蝶《ちょう》さんもゆったりとコタに寄《よ》りそうようにただよっている。

「こんにちは。佐伯拓《さえきたく》です」

まえに会ったときは先生が倒《たお》れていたので、あらたまってあいさつをした。

「ああ、拓《たく》くん。指導《しどう》できなくて、悪かったね。きみたちが絵付けしたものは、責任《せきにん》をもって焼いて送るからね」

「雨宮風花《あまみやふうか》です。わたしはもともと絵付けの予定だったので、楽しみました。焼きあがりが待ち遠しいです」

「平井新之介《ひらいしんのすけ》です。ぼくは陶芸《とうげい》体験じゃなかったですが」

平井《ひらい》は、「おー、こたつだ。コタの家のこたつだな」といいながら、こたつのなかに足を入れた。その後ろに、忍者装束《にんじゃしょうぞく》の男の子に変化《へんげ》したコタと、着物姿《すがた》になったお蝶《ちょう》さんが座《すわ》る。もちろん、見えるのはぼくだけだ。

コタの存在《そんざい》を知らない幹彦《みきひこ》先生はダジャレには気づかずに、「東京はもう暖《あたた》かいから、こたつはしまってるだろうね」とぼくたちに声をかけた。

佐伯《さえき》家にはこたつがないからだまっていたら、風花《ふうか》が「はい」とうなずいた。

「先生、病気ではなかったの？」

「ああ。このところ、家を整理《せいり》してただろう。疲《つか》れがたまってたようだ」

みんながこたつでくつろいでいると、咲良《さくら》が風呂敷《ふろしき》包みをほどく。

「これ、おとうさんから差し入れです」

ひとり暮《ぐ》らしの先生のため、咲良《さくら》のおとうさんが用意してくれたおかずだった。

「幹彦《みきひこ》先生、きのう咲良《さくら》ちゃんから先生の本を見せてもらいました。信山勘兵衛《しのやまかんべえ》という絵師《えし》がご先祖《せんぞ》なんですね」

「うん。『不思議な絵を描《えが》く絵師《えし》』だったと記録が残っているんだ」

「あの本には花瓶《かびん》しか載《の》ってませんでしたが、ほかにも勘兵衛《かんべえ》が描《えが》いたものはありますか」

ほんとうは、もう知っていることだったけど、ぼくは慎重《しんちょう》に言葉を選び、先生に問いかけた。

「うちにあるのは枕屏風《まくらびょうぶ》といって、むかしは寝るときに枕元《まくらもと》にたてた背《せ》の低い屏《びょう》風《ぶ》だけだ。どこかの井戸端《いどばた》を描《えが》いた墨絵《すみえ》で、特に不思議なものではないよ」

「その屏風《びょうぶ》、見せてもらってもいいでしょうか」

「もちろんだよ。蔵《くら》にあるんだ」

先生がこたつ板に手を置き、腰《こし》をあげかけた。でも、また座《すわ》りなおした。

「咲良《さくら》ちゃん、悪いけど枕屏風《まくらびょうぶ》をここに運んでくれないかな」

「はい。持ってきます」

咲良《さくら》が立ちあがる。

「すまないね。ぼくが杖《つえ》をつきながらあの屏風《びょうぶ》を運んで、万が一よろめいたりしたら、傷《きず》つけちゃう場合があるからね。運んでもらえると助かるよ」

「手伝うよ」「あたしも」「おれも」

ぼくたちも立ちあがった。半透明《はんとうめい》のコタとお蝶《ちょう》さんもついてくる。

ぼくたちが蔵《くら》へ行くと、コタは屏風《びょうぶ》のなかにすっと消えた。

「リビングで、また広げよう」

その屏風《びょうぶ》をたたむとき、ぼくは、なかに入ったコタにも聞こえるようにいった。

「ふふ。こんなに大勢《おおぜい》じゃなくても運べるものなのに、みんなやさしいね」

咲良《さくら》がいうように、ひとりでだって運べるサイズだ。でもぼくと咲良《さくら》が両側を持ち、風花《ふうか》と平井《ひらい》、そしてお蝶《ちょう》さんがそれを見守るようについてくる。

日の光が入った部屋でふたたび広げられた枕屏風《まくらびょうぶ》の絵は、薄暗《うすぐら》い蔵《くら》で見るよりうんときれいだった。

「この絵の墨《すみ》、青みがかってますね」

風花《ふうか》がつぶやくようにいった。

平井《ひらい》もまじまじと見つめている。

「これは、松の木を燃《も》やしたときに出る煤《すす》で作った墨《すみ》で描《えが》いたものなんだ」

幹彦《みきひこ》先生の説明は、『信濃《しなの》のふしぎ』とリンクする。

寒いわけでも、こわいわけでもないのに、ぞくっとなった。

「実は、東京のぼくの家に、信山勘兵衛《しのやまかんべえ》の絵があるんです。これと同じ大きさの屏風《びょうぶ》と掛《か》け軸《じく》、襖《ふすま》絵、先生の本にあった花瓶《かびん》のほかに、急須《きゅうす》もあります」

「ええ、そんなに!?」

先生がぼくの顔を目を丸くして、見つめた。

「もしかして……ああ〜、佐伯《さえき》さんだ」

手を額《ひたい》に当て、目をつむる。そして「うん、うん、そうだ」とうなずく。

「拓《たく》くん、あのね。ぼくが若《わか》いころ、東京から勘兵衛《かんべえ》の絵をさがしにきた人がいたんだ。うん、佐伯《さえき》さんだった。佐伯《さえき》……佐吉《さきち》さんだ。佐《さ》が名字と名前の両方についてるのが印象的《いんしょう》だった。その方のご先祖《せんぞ》が江戸《えど》で勘兵衛《かんべえ》と親しかったらしいね。そちらの家にある勘兵衛《かんべえ》の絵の写真をいろいろ見せていただいた。数年まえにぼくが自分の陶芸《とうげい》作品の本を作ったとき、頂戴《ちょうだい》した花瓶《かびん》の写真を、最後のほうに載《の》せさせてもらったんだよ」

そのころ、お蝶《ちょう》さんは佐伯《さえき》家の蔵《くら》に封印《ふういん》されていた。だから勘兵衛《かんべえ》の絵がある陶芸《とうげい》作品はお藤《ふじ》さんの花瓶《かびん》だけだったんだ。

「その人は、おじいちゃんのおとうさんです」

佐吉《さきち》さんは、ぼく同様、子どものころに家守神《いえもりがみ》たちが見えるようになった人だ。

「当時ぼくはまだ二十代で、佐伯《さえき》さんは四十代後半くらいだったかな。この枕屏風《まくらびょうぶ》をすごくほめてくれたよ。トンボが特に気に入ってたみたいだったな」

きっとトンボが佐伯《さえき》家の家守神《いえもりがみ》たちと同じ存在《そんざい》だと感じたんだ。でも幹彦《みきひこ》先生もいたから、コタとの対面《たいめん》はできなかったのかもしれない。

「佐伯《さえき》さんは『これはきみの家にとって大切なものですよ』といって帰られた。それで、そのあとはお正月に出して飾《かざ》るようにしてたんだ」

幹彦《みきひこ》先生はそういったあと、しばらくじっと考えこんでいた。

「拓《たく》くん」

先生がすっと背筋《せすじ》を伸《の》ばし、ぼくを見た。

「ぼくの家、信山《しのやま》家と、きみの家、佐伯《さえき》家は深いつながりがあるんだね。うれしいよ。でもうちは、ぼくの代で終わりになる」

「はい……」

「この屏風《びょうぶ》は、引きついでもらえる人がいないってことだ。今思ったんだけど、東京の佐伯《さえき》家に置いてもらえないだろうか」

思いがけない展開《てんかい》だった。

幹彦《みきひこ》先生だけじゃなく部屋にいたみんなが、身じろぎもせずに、ぼくの返事を待っている。

この屏風《びょうぶ》を佐伯《さえき》家に置くということは、屏風《びょうぶ》を東京に持っていくこと。コタを東京に連れていくということだ。

「もちろん、これは、おとなであるぼくが正式にきみのご家族にお願いすべきことだ。でもきみの意見も聞けたらうれしいな」

先生はそういうと、「ちょっと失礼、トイレに」と立ちあがった。心配した咲《さく》良《ら》が、先生の腕《うで》を取っていっしょに行く。

そして先生が部屋を出たとたん、トンボが枕屏風《まくらびょうぶ》から抜《ぬ》けでてコタに変化《へんげ》する。

ぼくは、さっと、こたつの横にある幹彦《みきひこ》先生のカーディガンを屏風《びょうぶ》にかけてコタを実体化させた。

「おお、コタ！　おまえがコタか！」

平井《ひらい》がコタとグータッチをして、その実体化をよろこんだ。

「おいら、幹彦《みきひこ》がいってた佐吉《さきち》って人のこと、おぼえてるよ。幹彦《みきひこ》とおいらがいる屏風《びょうぶ》を見てたから抜《ぬ》けだせなかったけど」

佐吉《さきち》さんは、やっぱりトンボが枕屏風《まくらびょうぶ》から抜《ぬ》けでたり、コタに変化《へんげ》したのは見なかったんだ。

「お姉ちゃんやお兄ちゃんといっしょにいられるなら、東京ってとこに行ってもいいな」

お姉ちゃんといわれたお蝶《ちょう》さんが、にっこりしている。お兄ちゃんはぼくのことか。

「コタちゃんは、ずっとひとりだったのよね。さびしかったわね」

そういうお蝶《ちょう》さんに、コタが少し首をかしげながら身を寄《よ》せた。

「さびしかった？　どうかな。よくわかんない」

「拓《たく》さん、コタちゃんを連れていきましょう！」

その場に立ちあがり、こぶしをにぎるお蝶《ちょう》さんは、半透明《はんとうめい》でも迫力《はくりょく》満点だ。

「お蝶《ちょう》さん、待って。まずは幹彦《みきひこ》先生からおばあちゃんに相談してもらって、それからおじいちゃんの許可《きょか》ももらわなきゃ。勘兵衛《かんべえ》の絵なら、おじいちゃんはよろこぶと思うけど」

すると、風花《ふうか》がぼくを見た。

「拓《たく》くんは？　幹彦《みきひこ》先生、拓《たく》くんの意見を聞きたいっていってたでしょ」

「え、そりゃあ、持っていきたいよ。そうしたら、幹彦《みきひこ》先生も安心して施設《しせつ》に行けるし、コタもさびしくないだろう」

お蝶《ちょう》さんが、胸《むね》に手を当てうなずいている。

先生と咲良《さくら》がもどってくる声がしたので、コタの変化《へんげ》を解《と》き、コタは枕屏風《まくらびょうぶ》にもどる。

おばあちゃんたちも、そろそろ帰ってきているかも。

「咲良《さくら》ちゃん、大女将《おおおかみ》か旅館に電話してみてくれる？」

まずは、おとなに相談しなきゃ。こうして、ぼくができることをひとつひとつやるしかない。

ちょうど帰ってきていたおばあちゃんと大女将《おおおかみ》が、すぐに来た。

「まあ、ご縁《えん》って不思議ね」

おばあちゃんは幹彦《みきひこ》先生から事情《じじょう》を聞き、きょうはそば打ちの講習《こうしゅう》会をしているはずのおじいちゃんにあとで連絡《れんらく》をすると先生に約束をした。枕屏風《まくらびょうぶ》の写真を何枚《まい》も撮《と》る。

その後くるみ屋のレストランで、そばをごちそうになった。

おばあちゃんと大女将《おおおかみ》は、いくら話しても話したりないらしい。少し離《はな》れたテーブルでおしゃべりしながら食べている。

戸隠《とがくし》そば、おいしい！

「麺《めん》はめんどうがなくていい。特にこのそばは、のどごし最高」

平井《ひらい》も軽くダジャレをいう程度《ていど》で、おいしそうにそばをすする。風花《ふうか》は、なにもいわずにもくもくと食べていた。

「夕べは同じ部屋で寝《ね》たけど、風花《ふうか》ちゃんって、おもしろいね！　わたしの友だちにはいないタイプだなあ」

そんな風花《ふうか》を、咲良《さくら》が楽しそうにながめていた。

「夕べは、妖怪《ようかい》話が止まらなかったんだよ。それで、ふっと声が途絶《とだ》えたと思ったら、寝息《ねいき》に変わってたの」

ん？　というように風花《ふうか》が顔を上げた。

「すごい勢《いきお》いで話していたと思うと、今みたいに無口になる。正反対のキャラが交互《こうご》に現《あらわ》れるんだね」

「どういうこと？」

「今みたいに無口になってるときは、物事を深く掘《ほ》りさげて考えてて、夕べのようなときは、それを一気にはきだしてるみたい」

一歳《さい》年上なだけだけど、咲良《さくら》の人間観察は鋭《するど》い。ぼくが今通っている栄小《サカショー》に転校してきたときの風花《ふうか》の第一印象《いんしょう》は、「暗い子」だった。でも、妖怪《ようかい》の話をするようになり、そのイメージががらりと変わったんだ。

「あたし、この二日間のことを思いかえしてたんだ。戸隠《とがくし》には、いろんな伝説が残ってる。そのひとつが妖怪《ようかい》だよね。日本にはもっともっとそういう伝説があるから、楽しみだよ」

咲良《さくら》が風花《ふうか》に「うんうん」とうなずく。

「戸がしくしく泣く伝説は？　ないか」

なんて、平井《ひらい》はすぐにおちゃらけるけど、将来《しょうらい》のことに悩《なや》むまじめな一面もあった。

うーん。

「風花《ふうか》、平井《ひらい》。ぼく、ふたりと友だちになれて、よかったよ」

「それは、あたしたちだって同じだよ。ね、新《しん》ちゃん」

「は？　いきなりだな。でもそうかもな」

平井《ひらい》がそっけなく、風花《ふうか》に同意した。

「三人、仲がいいね。夏休みのスペシャル体験ツアーには、また来てよ」

咲良《さくら》がいってくれた。

「もちろん」

ぼくたち三人の声がそろう。

そこへ、幹彦《みきひこ》先生も来た。

おばあちゃんと大女将《おおおかみ》のテーブルに呼《よ》ばれ、話がはじまったみたいだ。おばあちゃんが、スマホを操作《そうさ》している。きっとおじいちゃんに連絡《れんらく》してるんだ。

もうがまんできない。ぼくたちも、おばあちゃんと先生がいるテーブルに移《うつ》った。

ピロン。

おばあちゃんのスマホが鳴った。

「おじいちゃんからの返信よ。枕屏風《まくらびょうぶ》の写真を送って、幹彦《みきひこ》さんのお申し出を伝えたの。おじいちゃん、『先方がそれを望んでいるなら、ぜひ』ですって」

やった！

「勘兵衛《かんべえ》という絵師《えし》は、江戸《えど》にいたときは信濃《しなの》をなつかしんで山を描《えが》いて、こっちに帰ってからは、江戸《えど》の長屋をなつかしんであの屏風絵《びょうぶえ》を描《えが》いたのね。つながってるんだわ」

おばあちゃんが、おじいちゃんから送られてきた佐伯《さえき》家の屏風《びょうぶ》の写真を、幹彦《みきひこ》先生に見せる。

「ああ、いいな。信濃《しなの》の山ですね」

幹彦《みきひこ》先生が、うれしそうにうなずく。

「そうそう。みなさん、モニターアンケートへのご記入をお願いいたします」

咲良《さくら》があらたまって、ぼくたちにアンケート用紙を配った。そうだ、ここへはモニターツアーで来たんだった。

もちろん、最高のツアーだった。ぼくは、「陶芸《とうげい》教室も、つづけてほしい。忍《にん》者屋敷も体験したい」と書き、風花は「戸隠の自然、最高でした。妖怪スポットツアーもあったらうれしい」。平井《ひらい》は「料理、うまかったです。こんどはおやき
の作り方を習いたい」。

ぜったいに、また来るぞ。

帰りの新幹線《しんかんせん》のなか。コタは梱包《こんぽう》された屏風《びょうぶ》のなかでじっとしているみたいだ
けれど、お蝶《ちょう》さんは、半透明《はんとうめい》の蝶《ちょう》になったり、人の姿《すがた》で空席に座《すわ》ったりしながら
楽しんでいた。新幹線《しんかんせん》の速さに目を丸くしているのが、かわいらしかった。

十一 歌って踊《おど》ろう

さっそく座敷《ざしき》に広げたコタの屏風《びょうぶ》を、家族みんなで見ることになった。

「墨《すみ》の色具合がいいな。そうか、ここは、うちのご先祖《せんぞ》が住んでたところなんだ」

おじいちゃんは感激《かんげき》している。

ママとおとうさんもコタの屏風《びょうぶ》をじっくり見ていた。そして、ぼくたちが戸隠《とがくし》で楽しんできた話を聞いて、よろこんでくれた。

「こんどは、家族旅行で戸隠《とがくし》に行きましょう」

リビングで夕飯を食べていると、おばあちゃんがにっこりいう。

「あ、そうですね」

あれ？　ママの反応《はんのう》はいまいちだ。仕事がいそがしくて無理なのかな。おとうさんと顔を見あわせている。

「雄一《ゆういち》さん、お風呂《ふろ》に入ったら」

変だぞ、なんだか話をそらしたみたい。

ママのことが気になったけど、今は座敷《ざしき》のほうが心配だ。コタは枕屏風《まくらびょうぶ》から抜《ぬ》けでてるんだろうか。佐伯《さえき》家の家守神《いえもりがみ》たちとなにか話してるだろうか。

家族がそれぞれの部屋にひっこんだタイミングを見て、ぼくはそっと座敷《ざしき》へ行った。

すっと障子《しょうじ》を閉《し》め、電気をつける。

するとハグロトンボが出てきて、コタに変化《へんげ》。ほかの家守神《いえもりがみ》たちも出てきた。

「コタ。おら、金魚《きんぎょ》だ」

金魚《きんぎょ》ちゃんが、コタの前に立つ。どうやら、コタは今はじめて出てきたみたいだ。

「コタさん、佐伯《さえき》家へようこそ」

「金魚《きんぎょ》の弟分ってとこかね」

亀吉《かめきち》さんのていねいなあいさつと、お藤《ふじ》さんの言葉になごむ。鶴吉《つるきち》さんは、

「そうか、勘兵衛《かんべえ》が江戸《えど》から信濃《しなの》へ帰って描《えが》いたんだな」と腕《うで》を組んだ。

「コタちゃん、これからはさびしくないわね」

お蝶《ちょう》さんが、コタの手を取る。

「へへ」

コタはようやく笑顔《えがお》を見せ、座敷《ざしき》を走りまわる。テーブルの下にもぐっては反対側から出て、障子《しょうじ》をすりぬけていくので、ぼくはあわてて障子《しょうじ》を開けた。でも、縁側《えんがわ》にコタはいない。ガラス窓《まど》まですりぬけて、庭に出ていたのだった。

黒い忍者装束《にんじゃしょうぞく》、しかも半透明《はんとうめい》なので、夜の庭を走りまわっているコタはうっかりすると見えなくなってしまう。まさに忍者《にんじゃ》だ。

ぼくはガラス窓《まど》を開け、縁側《えんがわ》に腰《こし》をおろした。

「コタ。少しは落ちつけって」

ぼくのとなりに座《すわ》った金魚《きんぎょ》ちゃんが、お姉さんぶる。

たしかに金魚《きんぎょ》ちゃんよりも、ずっとちょこまかしている。でも、金魚《きんぎょ》ちゃん

だって、いつも飛びはねてるんだから、えらそうなことはいえないと思う。

きっと金魚《きんぎょ》ちゃんは自分より小さい子が仲間になり、お姉さんになったことがうれしいんだ。

「あっ、蔵《くら》だ」

コタが蔵《くら》を指さし、駆《か》けだした。

「あれは、ちが……」

幹彦《みきひこ》先生んちの蔵《くら》じゃないといいたかったけど、コタはもう扉《とびら》をすりぬけてなかへ入っていってしまった。でも、すぐに出てくる。

「ちがっただろ」

ぼくは足元にあるサンダルをはいて、コタの横に立った。

「ん」

コタがむすっとした顔でうなずいた。ここは、かつてお蝶《ちょう》さんが長く封印《ふういん》されていた蔵《くら》だ。

コタは縁側《えんがわ》にもどり、金魚《きんぎょ》ちゃんと並《なら》んだ。ぼくもそのとなりに座《すわ》る。

「あのとんがったのは、なんだ？」

塀《へい》のずっと向こうに見えるスカイツリーを指さす。

「あれは、スカイツリーってんだ」

金魚《きんぎょ》ちゃんが得意《とくい》げに、教えている。

「きょうはピンクにライトアップされてる。きっと桜《さくら》の時期だからだね」

「咲良《さくら》？」

「あ、咲良《さくら》ちゃんじゃなくて、桜《さくら》の花。戸隠《とがくし》でも桜《さくら》は咲《さ》くよね」

「うん。咲良《さくら》は、春に生まれたから、『咲良《さくら》』って名前になったんだ。山の桜《さくら》は幹彦《みきひこ》も大好きだった。でもあのとんがったのは、桜《さくら》の木とはぜんぜんちがう」

「ふふ。コタちゃん、あの塔《とう》からはテレビの電波が飛んでいるのですって」

お蝶《ちょう》さんも来て、コタに教えた。

「テレビ？　ああ、幹彦《みきひこ》もよく見てたあれだな。でも、電波ってなんだ？」

「そうねえ。見えないものなので、あたくしもうまく説明できませんの。これからもっとお勉強しますわ。ほら、あそこ」

お蝶《ちょう》さんが、夜空を指さす。

「人間は、あの月にまで行きましたのよ」

「月は、戸隠《とがくし》からも見えたよ。でも人は飛べないだろ?」

「コタちゃん、飛行機は見たことあるでしょう。あれよりもっと遠いところまで飛べる宇宙船《うちゅうせん》があるんですのよ。人間はいろいろなものを発明しているの」

「おいら、そういうの、よくわかんないな」

「おらもだ」

金魚《きんぎょ》ちゃんが、縁側《えんがわ》で足をばたばたさせた。

「少しずつおぼえたり、慣《な》れていけばよろしいわ」

「そっか」

コタはお蝶《ちょう》さんを見あげ、うなずいた。

でも、「山は見えないな」とつぶやく。

それまではしゃいでいた表情《ひょうじょう》が、くもっている。

ここから見えるのは、スカイツリーや遠くのビルの明かりだけだ。

「座敷《ざしき》にもどろう」

三人と座敷《ざしき》にもどると、お藤《ふじ》さんたちが待ちかまえていた。

「コタ、今は家族がここにいないからいいけど、この部屋に拓《たく》以外の家族がいるときは、本体の屏風《びょうぶ》にいないとだめだからね」

「おまえも佐伯《さえき》家の家守神《いえもりがみ》になったんだからな」

お藤《ふじ》さんや鶴吉《つるきち》さんのいい方は、ふだんどおりだ。でもコタはきびしく感じたのかもしれない。

「なんか、めんどくさいな」

あーあ、むくれてる。

戸隠《とがくし》にいたとき、枕屏風《まくらびょうぶ》はお正月以外は蔵《くら》にあったので、コタは自由に外へ抜《ぬ》けでていたのだ。だから、咲良《さくら》が生まれてからは、咲良《さくら》の笑顔《えがお》見たさに、くるみ屋のなかをトンボとして飛んだり、男の子の姿《すがた》で走りまわったりしてたんだろう。

「この家は家族が多くていいな。幹彦《みきひこ》にも、おいらだけじゃなく、ほかに家族がいればよかったのにな」

座敷《ざしき》にもどると、ソファにちょこんと座《すわ》ってつぶやいている。

「コタは、今はもうおらたちの家族だ」

金魚《きんぎょ》ちゃんは、そんなコタをはげますように声をかけた。でも、それは逆効果《ぎゃくこうか》だったようだ。

「え、そうなのか。じゃあ、おいら、幹彦《みきひこ》の家族じゃなくなったんだ」

肩《かた》を落として、しょげている。

「コタちゃんは、ずっと幹彦《みきひこ》さんといっしょだったのですからね。今でも家族ですよ」

亀吉《かめきち》さんがフォローしてくれたけど、コタは、かえってけわしい顔になった。

「家族なのに会えないのは、変だ」

そして、さっとトンボにもどると、亀吉《かめきち》さんの足元の影《かげ》に入りこんだ。

「コタ！　影《かげ》に入ると亀吉《かめきち》さんが……」

ぼくは、はっとほかの家守神《いえもりがみ》たちの足元を見た。実体のない状態《じょうたい》の彼《かれ》らには影《かげ》がない。

そうか、今まで気づかなかったけど、影《かげ》があるのは実体のある亀吉《かめきち》さんだけだったんだ。でも、その影《かげ》にコタが入ったということは……。

「う、動けません」

亀吉《かめきち》さんが硬直《こうちょく》していた。その青みがかった影《かげ》からは、青い湯気のようなものが立ちあがっていた。

「亀吉《かめきち》、なに、ふざけてるんだ」

コタの能力《のうりょく》のことを知らない鶴吉《つるきち》さんが、少しおこったように声をかけた。

「足に根が生えるわけでもないだろうに、いきなり動けないなんて、どういうことだい」

「亀《かめ》さん、その青い湯気みてなの、なんだ?」

様子が変だと気づき、お藤《ふじ》さんと金魚《きんぎょ》ちゃんが声をかける。家守神《いえもりがみ》たちにも、この青い湯気みたいなもの、ちゃんと見えるんだ。

「コタちゃん、いけません。出てきて」

お蝶《ちょう》さんだけは、コタの力を知っている。

「亀吉《かめきち》さんはやさしい方よ。こまらせないで。みんな、あなたと仲良くやっていきたいの」

「なに！　これは小太郎《こたろう》のしわざなのか。おい、どういうつもりだ。亀吉《かめきち》を自由にしろ」

「鶴吉《つるきち》さん、そんなこわい声を出さないでくださいませ」

鶴吉《つるきち》さんがすごみをきかせて、お蝶《ちょう》さんにたしなめられた。

「コタ、お願いだから出てきて。ここで亀吉《かめきち》さんが動けないままでいたら、大変なことになる。コタだって、わかるだろ。戸隠《とがくし》で最初はおもしろかったけど、やめるようになったっていってたじゃないか。咲良《さくら》ちゃんの影《かげ》に入ったときは、幹彦《みきひこ》先生を助けるためだったんだ。力を使うのはそういうときだけにしようよ」

ぼくは必死に亀吉《かめきち》さんの足元に語りかけた。

「ぼっちゃん、これはコタさんの力なのですね。すごいです」

亀吉《かめきち》さん、感心してる場合じゃないよ。

亀吉《かめきち》さんの影《かげ》からすっとトンボが浮《う》きあがった。

——おいら、さっきみたいにみんなにかこまれたり、いろいろいわれたことなかったから、こわくなったんだ。このおじさんがやさしい人だってことはわかるよ。でも影《かげ》があるのはこの人だけだったから、ごめんよ。

コタは人に変化《へんげ》せず、トンボのまま、か細い声であやまる。目にじわっと涙《なみだ》がたまった。そして、

——やっぱり、幹彦《みきひこ》にはもう会えないんだな。

と、山が描《えが》かれた枕屏風《まくらびょうぶ》を見つめ、自分の本体の屏風《びょうぶ》に入っていった。

そこには、ぬれたようなあとがある。コタの涙《なみだ》だ。以前なら、この涙《なみだ》がスイッチになり、戸隠《とがくし》と東京がつながった。でも今は、ふたつの枕屏風《まくらびょうぶ》が同じ部屋にあるから、意味はない。

「すぐに慣《な》れるだろう」

「静かなのは今のうちだけかもしれないねぇ」

鶴吉《つるきち》さんとお藤《ふじ》さんが、やれやれという表情《ひょうじょう》でコタの屏風《びょうぶ》を見つめていたが、

お蝶《ちょう》さんは心配そうに顔をくもらせていた。

翌朝《よくあさ》、ぼくは、起きてすぐに座敷《ざしき》に行った。いつものように、家守神《いえもりがみ》たちが出てくる。でも、コタは出てこなかった。

「おはよう、コタ」

枕屏風《まくらびょうぶ》に声をかけても、反応《はんのう》しない。

「コタちゃん、出てらっしゃいな」

お蝶《ちょう》さんが呼《よ》びかけても、だめだった。

朝からずっと座敷《ざしき》にいるわけにもいかず、リビングに行ったけど、その日も翌《よく》日《じつ》も、風花《ふうか》や平井《ひらい》が遊びに来てもコタは現《あらわ》れなかった。

おじいちゃんがそば屋さんの手伝いに出て、おばあちゃんが買い物に出たタイミングを見はからい、もう一度屏風《びょうぶ》に声をかけた。

「コタ。ねえコタ、どうしたの？　出てこられなくなったの？　みんな心配してるよ」

「コタ、こっちさ出てけ！」

「コタちゃん、ねえ、出てらっしゃいな」

金魚《きんぎょ》ちゃんとお蝶《ちょう》さんも、コタを呼《よ》ぶ。でも、屏風《びょうぶ》に変化は起きない。

「おい、小太郎《こたろう》。もうおこらないから、出てこい」

鶴吉《つるきち》さんががんばって猫《ねこ》なで声をだしてくれる。

「そうだわ」

お蝶《ちょう》さんがはっと顔を上げ、みんながお蝶《ちょう》さんを見る。

「ここでみんなが、楽しく歌ったり踊《おど》ったりしたらいいのよ。ほら、このまえ、あたくしが読んでいた『古事記《こじき》』という物語にあったんですの。天照大神《あまてらすおおみかみ》という女神《めがみ》が洞穴《ほらあな》に閉《と》じこもって、どうしても出てこなかったとき、ほかの神々が楽しそうに歌ったり踊《おど》ったりしましたの。そしたら、女神《めがみ》はこっそり、岩の戸を開けてすきまから外の様子をうかがおうとしたんですの。その瞬間《しゅんかん》に力持ちの神がその岩を取りのぞいたというわけです。

あたくしたちもここで楽しく歌いましょう！　きっと天照大神《あまてらすおおみかみ》と同じようにコ

タちゃんも出てきますわ」

お蝶《ちょう》さんは身ぶり手ぶりをつけ、力説する。これは戸隠山《とがくしやま》の由来となった伝説だ。

「いいアイデアですね」

亀吉《かめきち》さんがうなずいた。

「♪菜の花畠《ばたけ》に入日薄《いりひうす》れ～」

す、すごい。オペラ歌手みたいだ。お蝶《ちょう》さん、こんなに歌がうまかったんだ。お蝶《ちょう》さんが歌いだしたとたん、ぼくもほかの家守神《いえもりがみ》たちも、あっけにとられた。ところが……。手を動かして踊《おど》ってる？　うん、これ、ダンスだよね。ただ、体をくらげみたいにくねくねさせてるだけだけど。

「お蝶《ちょう》姉さん、歌はうまいども、その踊《おど》りだば、コタはますます出てこねべ」

こらえきれず、金魚《きんぎょ》ちゃんがつっこんでくれた。でもお蝶《ちょう》さんはむきになっていいかえす。

「金魚《きんぎょ》ちゃん、だったら、あなたが踊《おど》ってごらんなさいな」

「わがった。だども、おらが踊《おど》るんなら、これだ」

金魚《きんぎょ》ちゃんは、お蝶《ちょう》さんをぎっとにらんだと思うと、

「いつも心に勇気を！」と大好きなアニメ「少女戦隊エーエックス」のポーズで決めゼリフをさけんだ。

みんなが「ほお」と金魚《きんぎょ》ちゃんに注目。

金魚《きんぎょ》ちゃんが、「エーエックス」のオープニングテーマソングを、フローラルという戦士《せんし》の振《ふ》りつけで、歌いだした。

とりもどせ♪　ロストワールド
かがやけ未来♪　グローバル
進め彼方《かなた》へ♪　バルバルバルッ、ウオウオウー
この手はもう離《はな》さない　どんなときでもなにがあっても♪

すると亀吉《かめきち》さんも、別のエーエックス戦士《せんし》の振《ふ》りつけで踊《おど》りだした。

「か、亀吉《かめきち》」

鶴吉《つるきち》さんがあっけにとられている。が、すぐに負けじと踊《おど》りだした。お藤《ふじ》さんもだ。

「エーエックスは五人だろ。拓《たく》も踊《おど》りな」

お藤《ふじ》さんが、左手でぼくを手招《てまね》きする。

絵が抜《ぬ》けた掛《か》け軸《じく》のかかった床《とこ》の間《ま》の前で、金魚《きんぎょ》ちゃんの歌で、ぼくと家守神《いえもりがみ》たちが踊《おど》る。みんなの滑稽《こっけい》な姿《すがた》に笑いたいけど、コタのことが心配で笑えない。

気づくと、ソファにコタが座《すわ》っていた。

「おらの歌と踊《おど》り、いがったべ?」

金魚《きんぎょ》ちゃんがとなりに座《すわ》り、コタの顔をのぞきこんだ。でもコタはうつむいたまま返事をしない。

「おいら、もう幹彦《みきひこ》には会えないのか」

また涙《なみだ》ぐんでいた。枕屏風《まくらびょうぶ》を東京に持ってくれば、幹彦《みきひこ》先生が安心して施設《しせつ》に行けるし、コタはお蝶《ちょう》さんといられる。ぼくは、それがいいと思ったんだけど、そうじゃなかったんだろうか。

「コタちゃんを連れてきたのはまちがいだったのかしら」

お蝶《ちょう》さんがくちびるをかみしめる。

座敷《ざしき》の空気がどよんと重かった。すると、そのときだ。

「なんか、おめがだ（あんたたち）、ぐずぐずってるな。おら、そういうの好きでねんだ。まちがえだら、やりなおしてみればいいべ」

金魚《きんぎょ》ちゃんが、あっけらかんといった。

「やりなおす？」

お蝶《ちょう》さんが、金魚《きんぎょ》ちゃんをまじまじと見つめる。

「金魚《きんぎょ》、たまにはいいことというじゃないか」

鶴吉《つるきち》さんがうなずいた。

「んだべ。おらだって、長く生きてるんだからな。勉強はしてねども、いろんなこと経験《けいけん》はしてっからな」

金魚《きんぎょ》ちゃんは秋田のお殿様《とのさま》のところに、ひとりでいた時期があった。そういえば、そのころのことを今まで聞いたことがない。そうか、見た目は小さい女の子だけど、長い年月のあいだにはいろいろ経験《けいけん》してるんだな。

金魚《きんぎょ》ちゃんがぼくを見て「へへっ」と笑った。

「また、枕屏風《まくらびょうぶ》を戸隠《とがくし》に持っていくってこと？　コタちゃんが戸隠《とがくし》に帰るってことですの？」

いいだしたのは金魚《きんぎょ》ちゃんなのに、お蝶《ちょう》さんは、ぼくにつめよってくる。

「そりゃあ、おいら、帰りたいよ。でも、幹彦《みきひこ》はあの家から出るんだろ」

コタが、とまどっている。

「コタも、さびしいのは最初だけなんじゃないかい。ここなら、あたしたちがいるんだからにぎやかでいいだろうよ」

お藤《ふじ》さんがいったことに、金魚《きんぎょ》ちゃんが、ぶんぶんと頭をふってうなずく。

つまり、すぐに慣《な》れる？　そうだろうか。

頭のなかで、戸隠《とがくし》での二日間を思いかえす。

きりりと出むかえてくれた咲良《さくら》。コタはぼくをお兄ちゃんと呼《よ》ぶけど、咲良《さくら》のことは「お姉ちゃん」ではなく、「咲良《さくら》」と呼《よ》び捨《す》てだった。咲良《さくら》を赤ちゃんのときから知っているからだ。

咲良《さくら》は、いつかあの旅館の女将《おかみ》になる。そして、思った。

「お藤《ふじ》さん、ちがうと思う」

ぼ、ぼく、お藤《ふじ》さんに逆《さか》らってる？　がんばれ。

だれもはげましてくれないから、自分で自分をはげます。

「ふっ」

すると鶴吉《つるきち》さんが、にやりと笑った。

「たしかにな。お藤《ふじ》、おれたちはずっとこの仲間で過《す》ごしていたから、大勢《おおぜい》でいることが楽しいと思いこんでいる。でも、この子は逆《ぎゃく》にここに来てさびしくなったってことだろう」

お藤《ふじ》さんが、鶴吉《つるきち》さんを見つめ、さらにほかの家守神《いえもりがみ》たちを見る。お藤《ふじ》さんもとまどっている。

「そうだ。試《ため》してみよう」

ぼくは着ていたトレーナーを、コタの屏風《びょうぶ》にまとわせてみた。でもコタは実体化しなかった。

「コタの屏風《びょうぶ》は、この家を居場所《いばしょ》だと認《みと》めてないんだ」

「だからって、戸隠《とがくし》に帰っても……」

お蝶《ちょう》さんの声が弱々しい。ふだんはけっこう気が強いのに、今は迷《まよ》っている。戸隠《とがくし》に帰るといっても、コタが帰るべき家、幹彦《みきひこ》先生の家は近いうちに主《あるじ》がいなくなる。それを心配しているって、わかる。

「だから、やってみるんだよ！

うまくいくかどうか、まだ自信はないけど、ぼくに考えがある」

家守神《いえもりがみ》たちが、ぼくをとりかこんでいる。見守ってくれている。

「コタ、戸隠《とがくし》に帰ろう」

コタが、こくんとうなずいた。

十二　やってみる！

夕食のとき、ぼくは家族を見まわし、切りだした。

「おばあちゃん、戸隠《とがくし》から持ってきた屏風《びょうぶ》、やっぱりもどそうと思うんだ。だめかな」

四人は、きょとんとしてぼくを見ていた。

「拓《たく》、どういうことだ」

おとうさんが、真っ先に問いかけてきた。こまった。家守神《いえもりがみ》たちのことを、家族はだれも知らない。コタのことも見えないのだから、枕屏風《まくらびょうぶ》を戸隠《とがくし》にもどしたい理由を伝えようがない。でも、伝えなきゃ。

「あのさ、ご飯を食べおえたら、座敷《ざしき》に来てくれないかな」

こういう状況《じょうきょう》は、以前もあった。

ママがおとうさんと再婚《さいこん》したとき、おじいちゃんはぼくとママのために、この古い家を建て直そうとした。でもそうなると、襖《ふすま》は捨《す》てられるだろうし、古い掛《か》け軸《じく》や花瓶《かびん》も新しい家には飾《かざ》ってもらえないかもしれない。それで家守神《いえもりがみ》たちはぼくとママをおどかして、追いだそうとしたんだ。でもぼくには彼《かれ》らのことが見え、家守神《いえもりがみ》の存在《そんざい》を知った。それで「ぼくは、このままのこの家に住みたい」とおじいちゃんに頼《たの》んだ。大事なことだから、座敷《ざしき》で。家守神《いえもりがみ》たちの前で。

あらためて座敷《ざしき》に集まった家族は、ぼくがなにをいいだすのかと待っている。

ふうー。深く息を吸《す》い、お腹《なか》に力を入れる。

「ここにある勘兵衛《かんべえ》が描《えが》いた物たちは、ずっとこの家を守ってくれてたんだ」

守ってくれてたと思う。とはいわずに、あえて「守ってくれてた」と断言《だんげん》した。

「うむ。それは死んだ親父もいってたことだ。だから、大事にしていた」

おじいちゃんが、うなずく。

「佐吉《さきち》さんだよね」

家守神《いえもりがみ》たちが見えていた人、戸隠《とがくし》で幹彦《みきひこ》先生と会った人だ。すると、おとうさんが口を開いた。

「長い年月が経《た》った物には魂《たましい》が宿ることがある。つくも神《がみ》っていうんだよな」

「おとうさん、知ってたの？」

おとうさんは、この家の家守神《いえもりがみ》たちが本体から抜《ぬ》けでて、絵が消えてる状態《じょうたい》を見たことがあるといってた。まさか、彼《かれ》らの存在《そんざい》にも気づいていた？

「今ぼくが担任《たんにん》しているクラスで、妖怪《ようかい》カードがはやってるんだよ。妖怪《ようかい》は人間が作った物語みたいなものだけど、作り話とはいいきれないと思うんだ。ルーツが自然現象《げんしょう》にあるものも多い。雪女は雪深い土地に生まれた物語だ。天狗《てんぐ》は、山で不思議な音を聞いた人が、木々のあいだを飛びまわる妖怪《ようかい》を想像《そうぞう》したともいわれてるしね。

掛《か》け軸《じく》や襖《ふすま》の紙は木の皮から作った和紙だし、花瓶《かびん》や急須《きゅうす》は粘土《ねんど》。粘土《ねんど》は粘《ねば》り気のある土だけど、陶芸《とうげい》では、そこに鉱物《こうぶつ》の粉《こな》を混《ま》ぜてる場合もある。その粘土《ねんど》で作ったものを焼いてできたもの。人の手によるものだけど、土や火の力があってこそだ」

つまり、家守神《いえもりがみ》たちの本体は、もともと自然のものだったんだ。コタの本体である屏風《びょうぶ》の絵のルーツは、戸隠《とがくし》にあったお宮のご神木である松の木と神様の使いの鹿だしね。

「ここにある物たちには、自然の力がぎっしりとつまってるってことね」

ママがおとうさんの話を、うまくまとめてくれた。

「勘兵衛《かんべえ》は、そういう自然の力を感じていたんだろうな」

おじいちゃんも、うなずく。

「うん。それに人の力もあると思う。佐伯《さえき》家の人も信山《しのやま》家の人も、物をそまつにしない。大切にしてる。だから、勘兵衛《かんべえ》の絵が描《えが》かれた物は『家守神《いえもりがみ》』になったんだ」

ああ。とうとういっちゃった。いわずにはいられなかった。

「家守神《いえもりがみ》……」

おじいちゃんが、つぶやいた。みんなが、そこにあるひとつひとつの絵をしっかりと見る。
「この家を守ってくれる神様ね。拓《たく》ちゃんがそういってくれることが、なにより
うれしいわ。これからも大事にしなきゃ」
おばあちゃんが、にっこりした。
「ありがとう。でもね」
ぼくは、もう一度息を吸《す》った。
「ハグロトンボが描《えが》かれた枕屏風《まくらびょうぶ》は、信山家《しのやま》の家守神《いえもりがみ》だった。だから、信山家《しのやま》と
離《はな》れた東京じゃなく、戸隠《とがくし》にあったほうがいいと思う」
家族みんなが、ぼくの言葉をじっと聞いてくれる。次の言葉を待っている。
「だけど、信山家《しのやま》は、幹彦《みきひこ》先生が施設《しせつ》に入るから、だれもいなくなる」
「そうよね。わたしも今、それを思ってたわ。留守《るす》を守ると考えることもできる
けど、家はいずれこわすか、ほかの方の手に渡《わた》るのかもしれないのよ」
おばあちゃんが、こまったようにぼくを見る。
「うん。だから、ぼく、思ったんだよ。先生と旅館の人たちは、となり同士《どうし》で

ずっと交流があったよね。くるみ屋さんは、古い物をすごく大事にしてくれてるみたいだし。だから、この枕屏風《まくらびょうぶ》はくるみ屋さんに引きついでもらいたいんだ」

みんながコタの屏風《びょうぶ》を見つめる。今さらって感じだろうか。でも、ちがった。

「拓《たく》のいう通りかもしれないな。ここでも悪くはない。でもこれは、ずっと戸隠《とがくし》にいたんだ。戸隠《とがくし》にいるべきだ」

おじいちゃんがまるで生きてるみたいに、「あるべき」じゃなくて「いるべき」っていうから、内心ひやりとした。そりゃあ家守神《いえもりがみ》だから、それでいいんだけど。

「拓《たく》、いろいろ考えたんだな」

おとうさんが、ぼくの肩《かた》をぽんとたたいた。

「戸隠《とがくし》にいたときにそれがわかったら、もっとよかったけどね」

少し照れくさくて、そういったら、ママが首を横にふる。

「戸隠《とがくし》で決めたことを、ここでもう一度考えなおしたってことよね。一度決めたことを考えなおすって、おとなでもなかなかできないことよ」

そうか。自分では戸隠《とがくし》で判断《はんだん》できたらよかったのにと思っていたけど、そうじゃないんだ。金魚《きんぎょ》ちゃんが「やりなおしてみればいい」っていってたこと、それが大事なんだ。

その後、コタの屏風《びょうぶ》は幹彦《みきひこ》先生にも相談した上で、くるみ屋さんに置いてもらえないか頼《たの》むことになり、すぐにその場で、おばあちゃんが大女将《おおおかみ》に電話をした。

そして、了解《りょうかい》をもらえた。

宅配《たくはい》便で送るのではなく、ぼくとおじいちゃん、おばあちゃんで持っていくことにもなった。

「わたしたちも、行きましょうよ」

しかもママまで行きたいといいだした。

「でも……」

おとうさんは、なぜか心配そうな顔になり、すぐには賛成《さんせい》しない。

「だいじょうぶ。きょう、ドクターからふつうに過《す》ごしてもいいですといってもらえた。長野だったら近いし、問題ないわ」

え？

「ママ、病気？」

話の展開《てんかい》に頭が追いつかず、心配になった。

「どうしたんだ？」

おじいちゃんの顔もけわしくなる。ところが次にママがいったことに、おどろく。

「拓《たく》、お兄ちゃんになるのよ」

「は？」

ママがお腹《なか》に手を当てていた。

「まあ、真由《まゆ》さん、赤ちゃんができたのね。おめでとう！」

おばあちゃんのテンションがあがる。え、えええ？

ママのお腹《なか》には、赤ちゃんがいるのだった。

「真由《まゆ》さん、ほんとにだいじょうぶなのね？」

「ええ。貧血《ひんけつ》があったので、ちょっと不安だったんですけど、もう平気です」

「よかったわ」

そうか、みんなでの旅行の話が出たとき、ママの様子がおかしかったのは、まだママには不安があったからなんだ。今は一気にお祝いムードになったみんなのなかで、おとうさんとふたり、にこにこしている。

ぼくに弟か妹ができる。

ぼく、お兄ちゃんになるんだ。わっ、お兄ちゃんだって。口に出していったわけでもないのに、照れてしまう。

興奮《こうふん》してたんだと思う。ぼくはなかなかねむれなかった。

ベッドのなかでゴソゴソしながら考えていた。

さっき、佐伯《さえき》家に新しい家族ができるといっていた家族の会話を、家守神《いえもりがみ》たちは聞いていたはず。みんなもきっとよろこんでるんじゃないかな。いっしょによろこびたい。

そっと自分の部屋を出て、座敷《ざしき》の障子《しょうじ》を開ける。

すぐに出てきたのは半透明《はんとうめい》の蝶《ちょう》だった。

――拓《たく》さん、あたくしも戸隠《とがくし》に連れていってください。

蝶《ちょう》から人の姿《すがた》に変化《へんげ》したお蝶《ちょう》さんは床《とこ》の間《ま》の前に正座《せいざ》して、ぼくに頭を下げた。

え、ちょ、ちょっと待って。

生まれてくる赤ちゃんの話をするつもりで来たのに、予想外の展開《てんかい》にあわてた。

「コタの屏風《びょうぶ》を持っていくんだから、向こうで広げたら、お蝶《ちょう》さんは『道』を通ってこられるでしょ」

だれかが泣かなきゃならないけど。

「そうではなく、急須《きゅうす》を持っていっていただきたいんですの」

ほかの家守神《いえもりがみ》たちも本体から出てきて、(なんだ?)というように、ぼくとお蝶《ちょう》さんの会話を聞いていた。コタもちょこんと座《すわ》っている。

「お蝶《ちょう》姉さん、あっちで実体化して、なんかすんだが(なにかするの)?」

金魚《きんぎょ》ちゃんがあくびまじりできいてきた。

「金魚《きんぎょ》ちゃん、そうじゃありませんの。あたくし、コタちゃんのそばにずっといようと決意しましたの」

予想もしてなかったお蝶《ちょう》さんのお願いに、動揺《どうよう》して声も出ない。

「あたくしは、長い年月蔵《くら》に封印《ふういん》されておりました」

ぼくはぎくっとして、蔵《くら》がある庭の方角を向き、またお蝶《ちょう》さんの顔を見た。お藤《ふじ》さんやほかの家守神《いえもりがみ》たちにもちらちらと視線《しせん》を送る。お蝶《ちょう》さんを封印《ふういん》したのは、仲間である彼《かれ》らなんだ。お藤《ふじ》さん、ほかの三人も、はっとした顔でお蝶《ちょう》さんを見つめている。

いったいなにをいいだすんだ。

「そのあいだは、ずっとひとりでした。ねむっていた時期も長かったですけど、せまい葛籠《つづら》のなかでは、目覚めていた期間もありました。外に出ることも動くこともできず、ただそこにいるだけ。とてもさびしいものでした。だから、孤独《こどく》のつらさがわかりますの。

拓《たく》さんがあたくしの封印《ふういん》を解《と》いてくださり、仲間が邪悪《じゃあく》な心を払《はら》ってくださり、この佐伯《さえき》家の家守神《いえもりがみ》にもどることができましたでしょ。感謝《かんしゃ》してます。

でも……」

でも？　その先を聞くのがこわい。

「このたび、コタちゃんと出会ったことでわかりましたの」

「お蝶《ちょう》、なにがいいたいいんだい」

お藤《ふじ》さんはいつもの強い調子でお蝶《ちょう》さんを問いつめた。でも、お蝶《ちょう》さんを封印《ふういん》したときや、邪悪《じゃあく》なお蝶《ちょう》さんと戦ったときのことを思いだしたんだろうか。そのときに失った右腕《うで》のない着物のそでをぎゅっとつかんでいた。お蝶《ちょう》さんは、悲しげな表情《ひょうじょう》を浮《う》かべているお藤《ふじ》さんの左手を、両手でくるんだ。

「この佐伯《さえき》家の家守神《いえもりがみ》にもどれて、また仲間と過《す》ごすようになったけれど、長い年月のあいだにたまったさびしさは、まだ心のどこかにあって消えてはいないと、わかったんです。

ええ。それはしかたのないこと。でも、このあと、コタちゃんが戸隠《とがくし》でひとりになることを考えると、あたくし、いてもたってもいられませんの。

コタちゃんを、またひとりにすることはできません」

「お姉ちゃん！」

コタがお蝶《ちょう》さんにしがみつき、お蝶《ちょう》さんの手がお藤《ふじ》さんから離《はな》れ、コタの肩《かた》を抱《だ》く。

そんな様子を見ていた金魚《きんぎょ》ちゃんの顔が、一瞬《いっしゅん》だけどゆがんだ。

「お蝶《ちょう》姉さんは、佐伯《さえき》家の家守神《いえもりがみ》だべ。この家にいねばだめだ。んだよな？　亀《かめ》さん」

両手を胸《むね》の前でにぎりしめ、亀吉《かめきち》さんに訴《うった》えた。亀吉《かめきち》さんはこまったような顔で金魚《きんぎょ》ちゃんを見おろしていた。

「おらは、やんたよ（やだよ）！」

お藤《ふじ》さんは無言だ。

「はあ」

額《ひたい》に手を当てた鶴吉《つるきち》さんが、ソファに座《すわ》る。

「金魚《きんぎょ》ちゃん、たしかにお蝶《ちょう》さんは佐伯《さえき》家の家守神《いえもりがみ》です。でもわたしたち家守神《いえもりがみ》の生みの親である勘兵衛《かんべえ》のふるさと、ご子孫のそばに行くことをだめだとはいえないのではないでしょうか」

亀吉《かめきち》さんがやっと口を開いた。

「お蝶《ちょう》さんやコタちゃんは枕屏風《まくらびょうぶ》を通じて行き来ができるのですから、家族が座《ざ》敷《しき》にいないときなら、会えるのではないですか？」

そうだろうか。今ふたつの屏風《びょうぶ》のあいだにあるはずの「道」は、このあともずっとあるのだろうか。

ぼくはそう思ったけど、金魚《きんぎょ》ちゃんの前ではいえなかった。

「亀吉《かめきち》さん、ご理解《りかい》してくださってうれしいわ。でも……」

お蝶《ちょう》さんがきりっとした顔をぼくに向けた。

「拓《たく》さん、あたくしは急須《きゅうす》本体で動くことができません。拓《たく》さんが決意してくださらないと、行けないのです」

「ぼ、ぼくに決定権《けん》があるってこと？」

それじゃあ、まるで家守神《いえもりがみ》の運命はぼくがにぎってるみたいじゃないか？

ゆっくり考えたくて、鶴吉《つるきち》さんのとなりに座《すわ》った。

「拓《たく》さん、わたしたちは、拓《たく》さんが決めたことならなんでも従《したが》うというわけではありません。わたしたちにも『意志《いし》』があるのですから」

「主従関係《しゅじゅう》じゃあないんだからな」

亀吉《かめきち》さんがやさしく、そして鶴吉《つるきち》さんが、ふてくされたようにいった。

家守神《いえもりがみ》にも「意志《いし》」がある。佐伯《さえき》家の人間と家守神《いえもりがみ》は主従《しゅじゅう》関係じゃない。ほんとうにそうだ。

「金魚《きんぎょ》ちゃん、金魚《きんぎょ》ちゃんにはわたしたちがいます。もし、金魚《きんぎょ》ちゃんがコタちゃんの立場だったらと想像《そうぞう》してみましょうよ」

まだむっつりとしていた金魚《きんぎょ》ちゃんを、亀吉《かめきち》さんがやさしくさとす。金魚《きんぎょ》ちゃんの手を取る。

「おらが、コタだったら？

ずっと家族だった人間の近くにいてと思うべな。そして、やっぱし、ひとりはやんたな」

金魚《きんぎょ》ちゃんが、ぐいっと涙《なみだ》をぬぐった。

十三　お蝶《ちょう》さんの強さ

「コタちゃん、ちょっとごめんなさい。あたくし、庭に行きたいの」

急に離《はな》れたら、コタが不安になるだろうと思ったのかな。お蝶《ちょう》さんがコタの顔をのぞきこんだ。

「うん」

コタがうなずくのを確認《かくにん》してから、雨戸をすりぬけ、庭に出ていく。

――わたしたちにも「意志《いし》」があるのですから。

その背中《せなか》には、亀吉《かめきち》さんがいった「意志《いし》」がある。

ぼくは玄関《げんかん》の鍵《かぎ》をそっと開け、外に出てお蝶《ちょう》さんをさがした。

ところが、お蝶《ちょう》さんが見あたらない。蝶《ちょう》になって町に出ちゃったんだろうか。

「お蝶《ちょう》さん」

大きな声は出せないけど、呼《よ》んでみた。

すると、庭のすみにある蔵《くら》に目がとまった。

蔵《くら》の壁《かべ》は古いから、あちこち、ひびが入ってたりもする。でもその白さがぼおっと浮《う》かびあがり、昼よりも存在感《そんざい》がある。

がんじょうな鍵《かぎ》がかかっているので、今ぼくが開けて入ることはできない。

お蝶《ちょう》さん、ここにいるんじゃないかな。

「お蝶《ちょう》さん」

もう一度呼《よ》んだ。

蔵《くら》の扉《とびら》や壁《かべ》は厚《あつ》い。さけんでも聞こえないだろう。

扉《とびら》に手を当ててみる。ひんやりしてる。

わっ。

その手をすりぬけ、お蝶《ちょう》さんが出てきた。

おどろいて思わず手を離《はな》したけれど、そのぼくの手をお蝶《ちょう》さんの手がくるむ。

今お蝶《ちょう》さんは実体がないから、さわられている感覚はない。なのに、なんだかあったかい。

「この蔵《くら》にはつらい思い出がつまっています。でも目をそらさず見てきましたわ。拓《たく》さん。拓《たく》さんが佐伯《さえき》家に来てくださって、ほんとうによかった。

あたくしを解放《かいほう》してくださったただけじゃない。去年の夏から、いろいろなことがありましたでしょ。そのたびに、おたがいを心配したり、ちょっとけんかをしたり、笑ったり。楽しかったですわ。たくさんの思い出ができました。あらためてお礼をいわせてくださいな。

ありがとう」

「お蝶《ちょう》さん。まるで別れの言葉みたいだよ」

「だって、そうでしょう」

「枕屏風《まくらびょうぶ》を戸隠《とがくし》に持っていきたいとはいったけど、急須《きゅうす》のことは決めてないよ」

「それはそうですわね。でも、雄吉《ゆうきち》さんにお願いしてくださるんでしょう?」

お蝶《ちょう》さんがツインテールをゆらして、「ふふっ」と笑った。

「みんなと別れるの、さびしくないの?」

「さびしいですわ。でも、新たな地で生きたいという気持ちもありますの。あら、人間じゃないのに『生きたい』って、変ですわね」

お蝶《ちょう》さんがくすっとほほえむ。

「ううん。ぜんぜん変じゃないよ」

そりゃあ、家守神《いえもりがみ》たちは人間じゃない。でもたしかに存在《そんざい》してるんだから。

「あたくしが封印《ふういん》されてたのは、九十年ものあいだでしたでしょ。その封印《ふういん》が解《と》けたとき、あたくしは世のなかの変わりようにとまどいました。でも、佐伯《さえき》家と仲間のあたたかさは変わってませんでした。あたくしに力を与《あた》えてくださったのよ」

「いろんなことがあったけど、そのたびに、家守神《いえもりがみ》たちが団結《だんけつ》して、ぼくを助けてくれた」

「ええ。金魚《きんぎょ》ちゃんはかわいいし、お藤《ふじ》姉さんと鶴吉《つるきち》さんは頼《たの》もしい。亀吉《かめきち》さんはおやさしいでしょ。みんなすてきな仲間よ。

そして、今回思いがけず戸隠《とがくし》に行き、コタちゃんやくるみ屋のみなさん、それに戸隠山《とがくし》の自然と出会うことができました。

あたくしは、こんど、コタちゃんや、あそこのみなさんに寄《よ》りそいたいの」

「お蝶《ちょう》さんって、強いなあ。あ……」

「拓《たく》さん、どうしましたの？」

お蝶《ちょう》さんの手が離《はな》れた。つぶらな瞳《ひとみ》がきょとんとぼくを見つめている。

「わかったよ」

「なにがですの？」

「お蝶《ちょう》さんの強さの秘密《ひみつ》！　お蝶《ちょう》さんは、本体の急須《きゅうす》の口が割《わ》れた。そして、そこから邪悪《じゃあく》なものに入ってこられて、仲間に封印《ふういん》された。

そのあとはずっと孤独《こどく》と戦っていたんだね」

「それはそうですけど」

「だから強いんだ」

もし急須《きゅうす》の口が割《わ》れることがなかったら、その後の何十年ものつらい時期がなかったら、お蝶《ちょう》さんは、古い時代の上品なお嬢様《じょうさま》キャラのまま、『おほほ』と笑っていたかもしれない。でも、今のお蝶《ちょう》さんのほうが、ずっとかっこいい。それは、つらい経験《けいけん》を忘《わす》れずにその事実と向きあっているからなんだ。

話の途中《とちゅう》から、ほかの家守神《いえもりがみ》たちも庭に出てきて、ぼくとお蝶《ちょう》さんのまわりで話を聞いていた。

コタもいる。じっと、お蝶《ちょう》さんを見あげている。

亀吉《かめきち》さんも玄関《げんかん》から出てきていた。

「お蝶《ちょう》、おまえの好きにしたらいいよ」

お藤《ふじ》さんが左手でお蝶《ちょう》さんを引きよせた。

「お藤《ふじ》姉さん」

お蝶《ちょう》さんが、お藤《ふじ》さんに身を寄《よ》せ、ふたりがほほえみあう。

藤《ふじ》の花に蝶《ちょう》がとまっているみたいだ。

「ずれえ。おらも!」

そんなふたりに、金魚《きんぎょ》ちゃんが飛びついた。

「金魚《きんぎょ》ちゃん、ありがとう。

あたくしが佐伯家《さえき》を去ることを『いいよいいよ』ってあっさりいわれたら、それはそれでさびしかったかもしれませんわ」

「んだって『やりなおしてみればいい』っていったの、おらだしよ」

金魚《きんぎょ》ちゃんが、「へへ」と苦笑《くしょう》した。

ふたりを見ている亀吉《かめきち》さんの目がうるうるし、とうとう涙《なみだ》がこぼれ落ちた。

「あたしとお蝶《ちょう》は同じ窯場《かまば》で作られて、そこに来た勘兵衛《かんべえ》に絵付けしてもらったんだよねえ」

そうつぶやくお藤《ふじ》さんの表情《ひょうじょう》は、これまで見たことがないほどおだやかだった。

「勘兵衛《かんべえ》が住んでいた長屋の大家さんは、顔の広い人だったからな。知り合いの名主さんがひいきにしている窯場《かまば》に勘兵衛《かんべえ》を連れていったんだった」

「みなさん、人情《にんじょう》に厚《あつ》い方たちばかりでした。それは、ことぶき商店街の人たちと同じですね」

亀吉《かめきち》さんがずずっと鼻水をすすり、鶴吉《つるきち》さんがうなずいた。

「その長屋は、ここにあったの?」

「ちがいますよ。佐伯《さえき》のご先祖《せんぞ》は、ご結婚《けっこん》を機にお家賃《やちん》を払《はら》って住んでいた長屋を出て、この土地に移《うつ》り住んだのです。それが何年何月だったとかまでは、わたしはおぼえてませんが」

「勘兵衛《かんべえ》は同じ長屋に住んでいた佐伯《さえき》のご先祖《せんぞ》、小次郎《こじろう》のために縁起《えんぎ》のいい鶴亀《つるかめ》の襖絵《ふすまえ》を描《えが》いたが、長屋は狭《せま》いので襖《ふすま》はなく、大家さんの蔵《くら》に預《あず》かってもらっていた。そのあと、長屋から移《うつ》った家にその襖《ふすま》をすえたんだ。

このあたりのことは、自分たちのことだからな。つくも神《がみ》となったとき、鮮明《せんめい》に思いだした」

「それが、この家……？」

「んでね（そうじゃない）！　その家が古くなって、佐太吉《さたきち》が建て直したんだ。それがこの家だ。襖《ふすま》はそのまま使ってな」

金魚《きんぎょ》ちゃんがぴょんとはねて、家をかえりみる。もう、ふっきれたみたいだ。

「いろいろなことがありましたねぇ」

「ああ」

「んだな（そうだな）」

亀吉《かめきち》さんがしんみりとつぶやき、鶴吉《つるきち》さんと金魚《きんぎょ》ちゃんがうなずいたけど、お藤《ふじ》さんが怒《おこ》りだす。

「なんだい、みんなしみったれてるねえ」

そういいながら、着物の袖《そで》でこっそり涙《なみだ》をぬぐっている。

お蝶《ちょう》さんがすっと蝶《ちょう》にもどり、庭を飛びまわった。

青い筋《すじ》の入った模様《もよう》が月の光を浴びてかがやいている。まるで、光をふりまいているみたいにきれいだ。

みんながその姿《すがた》を目で追う。

気づくと、トンボも飛んでいた。コタだ。闇《やみ》にまぎれて見えなくなっては、忍《にん》者《じゃ》のようにまた現《あらわ》れる。ときどき翅《はね》がきらっと銀色に光る。

ぼくは、飛んでいるお蝶《ちょう》さんに向かってさけんだ。

「お蝶《ちょう》さん、わかったよ。お蝶《ちょう》さんが戸隠《とがくし》に行って、コタを支えたいっていう気持ち、大事にしたい。

いっしょに戸隠《とがくし》に行こう」

――拓《たく》さん、ありがとう。あたくしも、遠くから拓《たく》さんのこと、応援《おうえん》してますわ。

蝶《ちょう》が青い光を放ちながら、返事を返してくる。

そして、もう一度庭をひとまわりすると、雨戸をすりぬけ、トンボのコタや家《いえ》守神《もりがみ》たちとともに座敷《ざしき》にもどっていった。

「ぼっちゃん、わたしたちも家に入りましょう。かぜをひきますよ」

亀吉《かめきち》さんの手が、ぼくの背中《せなか》をそっと押してくれた。

「うん。亀吉《かめきち》さん、いつもやさしくしてくれて、ありがとう」

亀吉《かめきち》さんの手のぬくもりが、しっかり背中《せなか》に伝わってくる。

ぼくは、この佐伯《さえき》家に来るまえのことをふと思いだした。

邪悪《じゃあく》なものに心を乗っとられかけたことがお蝶《ちょう》さんにあったように、ぼくにもいろんなことがあった。

ママがおとうさんと再婚《さいこん》するまえ、ぼくはそのころ通っていた学校でいじめられていた。ママがおとうさんと再婚《さいこん》したら、引《ひ》っ越《こ》しできる。転校できる。いじめっこたちから逃《に》げられると思って、ママの再婚《さいこん》に賛成《さんせい》したんだ。そんな自分のことを弱いやつだと思ってもいた。

あのころのことは、ほんとは忘《わす》れてしまいたい。でも、くちびるをかみしめてたえていたぼくも、ママの再婚《さいこん》に賛成《さんせい》して逃《に》げたぼくも、たしかにいた。

過去《かこ》のできごとすべてが、今とつながってるんだ。

春休みが終わると、ぼくは六年生になる。来年は中学生だ。

そこにはどんな世界があるんだろう。もしかしたら、また逃《に》げたくなるようなことだってないとは限《かぎ》らない。

でも、そのときはお蝶《ちょう》さんを思いだそう。きっとまたがんばれる。

ぼくは、もうすぐお兄ちゃんになるんだし。

なにより、ぼくには家守神《いえもりがみ》たちがついているし。

十四　ふたたび戸隠《とがくし》へ

さあ、こんどは家族みんなで戸隠《とがくし》へ。

リュックには、梱包《こんぽう》用パッキンでくるんだお蝶《ちょう》さんの本体も入れてある。出むかえてくれた咲良《さくら》は、きょうはデニムパンツ姿《すがた》だ。

「幹彦《みきひこ》先生んちの屏風《びょうぶ》、東京旅行をしてきたんだね」

つくも神《がみ》のことは知らないはずなのに、まるで枕屏風《まくらびょうぶ》が生きているかのようないい方をする。

「やあ、また会えてうれしいよ」

幹彦《みきひこ》先生も、杖《つえ》をついて来てくれていた。このまえより、元気そうだ。おじいちゃんやおとうさんが、先生と握手《あくしゅ》をして対面をよろこんでいる。

「佐吉《さきち》さんによく似《に》てらっしゃる。時がさかのぼったかのようですよ。ぼくはこんなに年をとってしまいましたがね」

おじいちゃんは、先生にそういわれて深くうなずく。

「江戸《えど》の長屋で、わたしのご先祖《せんぞ》と先生のご先祖《せんぞ》、信山勘兵衛《しのやまかんべえ》、いや勘兵衛《かんべえ》さんがいっしょに過《す》ごしていた時期があった。そして何百年もあとのきょう、わたしたちが勘兵衛《かんべえ》さんのふるさと戸隠《とがくし》でお会いできたわけですね。感無量です」

ふたりは、ロビーにあるソファに座《すわ》り、盛《も》りあがる。

「ねえ。その信山《しのやま》家と佐伯《さえき》家をふたたび結びつけたのは、わたしってことじゃない？」

おばあちゃんが、いきなり胸《むね》をはった。

「たしかに！　おばあちゃんがいなかったら、ぼく、風花《ふうか》や平井《ひらい》と戸隠《とがくし》のモニターツアーに来ることもなかったものね」

「幹彦《みきひこ》くんはわたしにとって、おとなりの大きいお兄さんみたいな方だったけど、こんなつながりがあったなんて、うれしいわ」

おばあちゃんがここで子ども時代を過《す》ごしてたころ、幹彦《みきひこ》先生の家にはまだおとうさんもおかあさんもいて、よく温泉《おんせん》に入りに来ていたんだって。

「くるみ屋さんに宏子《ひろこ》ちゃんが生まれたとき、ぼくは拓《たく》くんより少し大きかったかな。かわいかったなあ」

まるで咲良《さくら》が生まれたときのコタのようだ。

「ぼくは勘兵衛《かんべえ》の子孫ですが、信山《しのやま》家はここで途絶《とだ》えてしまいます。でも、こうして佐伯《さえき》家のみなさんとつながることで、その役割《やくわり》をくるみ屋さんにバトンタッチできました」

幹彦《みきひこ》先生が、しみじみといった。

「運命っていうと、おおげさかしら。いいお話だわ」

ママが、うっとりとした顔になる。

「真由《まゆ》と拓《たく》が佐伯《さえき》家に来てくれたから、こうやって拓《たく》がふたたびみんなを結びつけてくれたんだ」

おとうさんがそういってくれた。

ママのお腹《なか》はまだぺたんこで、ここに赤ちゃんがいるなんてわからない。でも、いる。今年の十月には生まれるんだ。

旅館のロビーには金糸をあしらった豪華《ごうか》な縁《へり》の畳《たたみ》の飾《かざ》り台《だい》が置かれ、その上に以前もあった大きな壺《つぼ》がある。そして紅白《こうはく》の梅の枝《えだ》が生けられていた。

コタの屏風《びょうぶ》は、その後ろに広げられた。

「バックに屏風《びょうぶ》があると、お花も壺《つぼ》も、ばえる！」

咲良《さくら》がスマホで写真を撮《と》り、すぐに旅館のＳＮＳにアップしていた。ぼくは、背負《せお》っていたリュックをおろすと、なかからお蝶《ちょう》さんの急須《きゅうす》を出した。

「これは？」

大女将《おおおかみ》が、じっと急須《きゅうす》を見る。

「すみません。これもいっしょに置いてもらえませんか」

お蝶《ちょう》さんが自分も戸隠《とがくし》に行くといいだした翌朝《よくあさ》、ぼくはおじいちゃんに、「急《きゅう》須《す》も持っていきたい。枕屏風《まくらびょうぶ》といっしょに置いてもらいたい」とお願いをした。

おじいちゃんはけげんな顔をしてはいたけど、「この急須《きゅうす》は、夏に拓《たく》が蔵《くら》で見つけたものだしな。よし」と了解《りょうかい》してくれた。そして、「拓《たく》からくるみ屋の大《おお》女将《おかみ》にお願いしてみろ」といわれていたんだ。

「きれいな蝶《ちょう》。これもかなり古い物ね」

大女将《おおおかみ》は、急須《きゅうす》にある蝶《ちょう》の絵をやさしくなでた。

「はい。これも、屏風《びょうぶ》絵の作者、信山勘兵衛《しのやまかんべえ》が絵付けをしたものです」

「そうなんですか」

幹彦《みきひこ》先生がうれしそうに顔を近づける。

「きれいだわ。あら、ここは?」

大女将《おおおかみ》は急須《きゅうす》の注ぎ口の傷《きず》を見つけた。一度欠けてしまったのを金継《きんつ》ぎという手法でくっつけていることを、おじいちゃんが説明してくれた。

「大事にされていたものなのね。陶器《とうき》は土から作られるけど、割《わ》れてしまったものは、いくら粉々《こなごな》にしても土には還《かえ》らないでしょ。でも、こうして割《わ》れても生きかえる手法があるって、素晴《すば》らしいわ」

大女将《おおおかみ》はぱたぱたと奥《おく》へひっこみ、白っぽい陶器《とうき》の台座《だいざ》を持ってきた。壺《つぼ》の横にそれを置いて、ぼくを見あげる。

「拓《たく》ちゃん、ここにその急須《きゅうす》を置いてみて」

「この台座《だいざ》はぼくの作品なんだ。こうして使ってもらえたら、うれしいよ」

幹彦《みきひこ》先生が作った台座《だいざ》だった。急須《きゅうす》をそこに置くと、全体のバランスもよく、ばっちりだ。

「枕屏風《まくらびょうぶ》にはトンボ、急須《きゅうす》には蝶《ちょう》。すごくいいな」

「幹彦《みきひこ》先生、施設《しせつ》に入居《にゅうきょ》してからも、見にきてくださいね」

「来ていいんですか」

「もちろんですよ。送迎《そうげい》はこちらでします」

先生と大女将《おおおかみ》のそんなやりとりを、咲良《さくら》がじっと見つめていた。ん？

ぼくの腕《うで》をちょっと引っぱる。

「なに？」

みんながいるところから少し離《はな》れる。

「拓《たく》くん、あの枕屏風《まくらびょうぶ》と急須《きゅうす》には、なにか秘密《ひみつ》があるんじゃない？」

「え、えええぇ〜っと」

実は迷《まよ》っていた。

あの枕屏風《まくらびょうぶ》と急須《きゅうす》はつくも神《がみ》であること、屏風《びょうぶ》は信山家《しのやま》の家守神《いえもりがみ》、いや、これからはくるみ屋の家守神《いえもりがみ》になることを、くるみ屋のだれかに伝えたほうがいいんじゃないか。伝えるなら咲良《さくら》じゃないかと思っていたのだ。

「ごめん、あしたいうよ」

「うん……わかった」

咲良《さくら》は、なにか感じている。それは風花《ふうか》が感じる能力《のうりょく》とはちがい、勘《かん》のようなものだ。それだって、咲良《さくら》の力なんだ。だからこそ、ぼくはお蝶《ちょう》さんとコタを、咲良《さくら》にたくせる。

おじいちゃん、おとうさんと入った露天風呂《ろてんぶろ》からは、満天の星が見えた。

コタはずっとこの星空を見てたんだ。

勘兵衛《かんべえ》も、幹彦《みきひこ》先生も、咲良《さくら》も。

お風呂《ふろ》から立ちのぼる湯気が風に吹《ふ》かれて、お湯の上を流れては消えていく。

ちょっとぬるっとしたお湯で体がすべすべになる。

「あー、気持ちいい」

「最高だな」

「拓《たく》～」

となりの女風呂《ぶろ》からママの声がした。

「おーい」

声が響《ひび》きあう。

きょうはおじいちゃん、おばあちゃんが一部屋。ぼくと両親は、ベッドルームと和室がある部屋で休んだ。

少し経《た》って、ぐっすりねむっている両親を起こさないよう、ぼくはこっそり部屋を出た。

だれもいないロビーの枕屏風《まくらびょうぶ》、そして急須《きゅうす》の前に立つと、コタとお蝶《ちょう》さんが抜《ぬ》けでてくる。すぐ人の姿《すがた》に変化《へんげ》した。

「お蝶《ちょう》さん、試《ため》してみよう」

「え、なにをですの？」

ぼくは返事をせず、着ていた上着を脱《ぬ》ぐと、急須《きゅうす》にまとわせてみた。

「あら？」

いつもなら、これで実体化するはずなのにお蝶《ちょう》さんは半透明《はんとうめい》のままだ。

「やっぱり」

その言葉が口をついて出た。

「どういうことなのでしょう」

「お蝶《ちょう》さんはもう佐伯《さえき》家の家守神《いえもりがみ》じゃない。このくるみ屋の家守神《いえもりがみ》なんだ。咲良《さくら》ちゃんや大女将《おおおかみ》、この旅館のだれかの服をまとわないと実体化はできないんだよ」

「まあ、そうなのですね。うれしいような、さびしいような」

「うん。でもさ、実体化するためには、急須《きゅうす》や枕屏風《まくらびょうぶ》の秘密《ひみつ》を打ち明けないといけない。もし打ち明けるとしたら咲良《さくら》ちゃんだけど、咲良《さくら》ちゃんは佐伯《さえき》家のぼく以外の家族と同じ立場。半透明《はんとうめい》な状態《じょうたい》のきみたちが見えないだろ。だから、迷《まよ》うんだ」

「そうだったのですね」

「お蝶《ちょう》さん、どうしたい？」

お蝶《ちょう》さんは返事をせず、じっとぼくを見つめてくる。

「お蝶《ちょう》さん、コタ、もう実体化しなくてもいい？」

「拓《たく》さん、佐伯《さえき》家の家守神《いえもりがみ》たちだって、あたくしが蔵《くら》に封印《ふういん》されたあと、佐吉《さきち》さんの体に屏風《びょうぶ》の雲が入るまで、家族に『見える』人はいなかったのよ。亀吉《かめきち》さんだけは、たまたま佐太吉《さたきち》さんの甚兵衛《じんべえ》が絵にまといついたので、特別でしたの。お藤《ふじ》姉さんたちの実体化は、拓《たく》さんが来てはじめてわかったことでしょう」

「おいら、いいよ」

ふたりとも、あっけらかんとしていた。そのときだった。枕屏風《まくらびょうぶ》に佐伯《さえき》家の座《ざ》敷《しき》が映《うつ》った。

「お蝶姉《ちょう》さーん」

金魚《きんぎょ》ちゃんの顔がアップになり、消えた。たぶん、「道」に入れないか試《ため》してみて、裏《うら》へすりぬけちゃったんだ。ほら、またまわりこんできた。

「おら、泣いてねえよ。掛《か》け軸《じく》から出て少しのあいだは、おら、ぬれてるべ。今、掛《か》け軸《じく》から出てすぐにこの屏風《びょうぶ》にさわったら、『道』ができたんだ。すごいべ」

「ええ。金魚《きんぎょ》ちゃん、すごいですわ」

「へへ」

お蝶《ちょう》さんにほめられて、金魚《きんぎょ》ちゃんはご満悦《まんえつ》だ。

「わたしがこっそり水道の水をくんできてつけてみたんですけど、それでは『道』はできなかったのです」

亀吉《かめきち》さんがにこにこという。なるほど、やはり勘兵衛《かんべえ》の絵の力が必要なんだ。

「お蝶《ちょう》、こっちに来られるかい？」

「わかりませんわ。でも、いったんそちらへ行って、もどってこられなかったらこまりますから。行きません」

お蝶《ちょう》さんはお藤《ふじ》さんに、きりりと返事をした。

「ふん。あいかわらず頑固《がんこ》な子だね」

お蝶《ちょう》さんの頑固《がんこ》さ、かっこいいよ。

「まあ、おれは空を飛んでそっちへ行くことはできる。万が一なにかあったら、助けるからな」

「鶴吉《つるきち》さん、頼《たよ》りになりますわ」

屏風越《びょうぶご》しに笑いあった。

家守神《いえもりがみ》たちは、本体に描《えが》かれた生き物の生態《せいたい》に沿《そ》った特性《とくせい》をもっているみたいで、いちばん行動範囲《はんい》が広いのは鶴吉《つるきち》さんだ。外国までだって飛んでいけるのかも。

「ところで、コタ。一度ぼくの影《かげ》に入ってみて」

これは、以前から考えていたことだった。

「え、いいのか？」

「うん。やってみて」

コタはちょっと首をかしげると、トンボになりすっとぼくの影《かげ》に消えた。

「わ、動けないよ」

足がびくともしない。

黒かった影《かげ》は青っぽくなり、さらに青い湯気のようなものが出ている。

こうなるってわかってて、自分から頼《たの》んだことなのに、あせる。この状態《じょうたい》を体験してみたくて、コタにお願いしたんだけど、こわい。

遊びでやっちゃいけないことだ。

これ、ほんとにすごいなあ。知らずにこの状態《じょうたい》になったら、めっちゃ恐怖《きょうふ》だと思う。

「コタはすごい力をもってるね。だから、これまで家守神《いえもりがみ》として幹彦《みきひこ》先生を守っていられたんだよ」

青くゆらめいている影《かげ》に向かって語りかけた。

——そうなのか？

「うん。でも、もう出てきて」

すうーっと、ぼくの影《かげ》からまたトンボが飛びでてきた。

青いゆらめきが消え、影《かげ》が黒くもどった。

ふう、足が動く。

「万が一、くるみ屋にどろぼうが入ったら、そいつを捕《つか》まえることができるね」

――あ、そうか。うん、それはまかせて。咲良《さくら》はぜったい、おいらが守る。

コタは忍者姿《にんじゃすがた》の男の子に変化《へんげ》し、ガッツポーズをする。その顔はお蝶《ちょう》さんにほめられたときの金魚《きんぎょ》ちゃんの表情《ひょうじょう》に似《に》ていた。自信が出たんだ。

もちろん、家守神《いえもりがみ》はそういう形で家族を守るわけじゃない。家族の気持ちを支《ささ》えてくれるのが家守神《いえもりがみ》だ。でも、コタが自分に自信をもつのは大事なことだ。

きっとお蝶《ちょう》さんと過《す》ごしながら、家守神《いえもりがみ》とはどういうことか、学んでいくにちがいない。

「コタ。お蝶《ちょう》さん。夜中にお客さんの部屋へ入ったりするのは、だめだよ」

たとえ、お客さんにはコタやお蝶《ちょう》さんが見えないとしても、それが礼儀《れいぎ》だ。第一風花《ふうか》のように気配を感じる人間は、ほかにもいるかもしれない。だからこそ、いろんな妖怪《ようかい》伝説が伝わっているんじゃないかな。くるみ屋に「なにか」がいるなんてうわさがたったら大変だ。

「もちろんですわ」

「うん」

「これまで佐伯《さえき》家では、ご家族が留守《るす》のときにテレビを見たり、亀吉《かめきち》さんに手伝っていただいて本や新聞を読めましたけど、こちらではできません。それは残念ですが、ここを行き交《か》う人たちのお話を聞くことも楽しみですわ」

そうか。お蝶《ちょう》さんにとって勉強の機会は少なくなる。

「夜、みなさんがねむったあとには、金魚《きんぎょ》ちゃんの好きだったエーエックスの歌やダンスの練習もしようと思います」

ダンス？

コタが本体の枕屏風《まくらびょうぶ》にこもって出てこなかったとき、お蝶《ちょう》さんのダンス、リズムがぜんぜんとれてなかったけどな。でも楽しむのは、いいことだ。

ごめん、コタ。こらえて。

「とにかく、ここの暮《く》らしを楽しんで。

あ、そうだ。コタに勉強を教えてあげたら?」

「なるほど。そうですわね」

お蝶《ちょう》さんはいい先生になると思う。

ここはくるみ屋のロビーだから、日中は本体から抜《ぬ》けでることができない。ふたりが自由に出歩けるのは、夜だけってことになる。昼夜逆転《ぎゃくてん》だ。そこはちょっとかわいそうだけど、しかたない。ふたりだから、きっとだいじょうぶだ。

ぼくはふたりに手をふり、そっと部屋にもどった。そのあとは、ぐっすりと朝までねむることができた。


朝食はレストランのバイキングだ。パンやスープ、スクランブルエッグというオーソドックスなメニューに加え、長野県の郷土《きょうど》料理のおやきや戸隠《とがくし》そばも並《なら》んでいて、そこではお客さんが列を作っている。

さっそくおじいちゃんが、そばの列に並《なら》んだ。

ぼくは少しずついろいろ食べ、最後に牛乳《ぎゅうにゅう》を飲んだ。「長野県産牛乳《ぎゅうにゅう》」と表示《ひょうじ》があるʼ。うん、濃厚《のうこう》でおいしい。


「おはよう」

デザートのヨーグルトを食べていたら、咲良《さくら》が来た。

「咲良《さくら》ちゃん、ぼく、一晩《ひとばん》考えたんだ。あのね」

レストランを出て、枕屏風《まくらびょうぶ》の前で話をした。

「この屏風《びょうぶ》の絵は、幹彦《みきひこ》先生の先祖《せんぞ》、勘兵衛《かんべえ》さんが描《えが》いたものでしょ？」

「うん」

「だから、子孫である幹彦《みきひこ》先生を見守ってくれていた」

「そうなの？」

「うん。そしてこれからは、くるみ屋さんのことも見守ってくれる」

「くるみ屋を見守ってくれる？」

「うん。あのね、この屏風《びょうぶ》をたくす人はだれでもいいってわけじゃないんだ。

信山《しのやま》家にずっとあったものなんだから、信山《しのやま》家となにかつながりがある家じゃなきゃいけない。それに物を大事にする人たちじゃなきゃ、たくせない。つまり、くるみ屋さんはばっちりってこと。

だから、この屏風《びょうぶ》はくるみ屋さんの『家守神《いえもりがみ》』になるんだ」

「家守神《いえもりがみ》……」

咲良《さくら》はその言葉を、ゆっくりとくりかえした。

「そう。急須《きゅうす》もだよ。急須《きゅうす》は、この枕屏風《まくらびょうぶ》のそばにいたがったんだ」

「え、急須《きゅうす》が？」

こんどは、楽しそうに笑いだす。

「へえ」

しゃがみこんで、お蝶《ちょう》さんの急須《きゅうす》をしげしげと見る。

「くるみ屋さんには古い物がたくさんあるよね」

見える範囲《はんい》をぐるりと見まわしていう。大きな壺《つぼ》。柱時計。玄関《げんかん》の下駄箱《げたばこ》も古そうだ。

あ、古い下駄《げた》もある。あれなんか、そのまま歩きだしそうだ。

「そうなの。おばあちゃんが、古い物好きだから」

「それがいいんだよ。物を大事にする家だからこその『家守神《いえもりがみ》』なんだ」

「わたしもおばあちゃんに教えてもらって、着られなくなった服をアップサイクルして、巾着袋《きんちゃくぶくろ》にしたりしているよ。まだまだ修業《しゅぎょう》中だけどね」

「修業《しゅぎょう》かあ。さすが、忍者《にんじゃ》の里だね」

平井《ひらい》の料理もそうだけど、修業《しゅぎょう》って厳《きび》しい訓練っていう意味じゃなく、自分なりにコツコツと楽しく努力することなんだな。

「売店に布製《ぬのせい》の小物を置いてある棚《たな》があるでしょ。あの商品はおばあちゃんが、古い着物や服を作りなおしたものなんだ。けっこう、人気なんだよ。

幹彦《みきひこ》先生が家を整理してるって聞いて、先生んちにあった着物や洋服ももらってきてた。先生のおかあさんが着てた着物まで捨《す》てずにとってあったんだって。何枚《まい》かはこれからも着るけど、あとはこうしてアップサイクルする。材料はたっぷりとあるってわけ」

「そうだったんだ。うん。形を変えても、大事にする気持ちは同じだよね」

「幹彦《みきひこ》先生の作品もあるから、見てね」

そういえば、陶器《とうき》のコーナーもあった。

お蝶《ちょう》さんやコタのこと、彼《かれ》らが急須《きゅうす》や屏風《びょうぶ》から抜《ぬ》けでたりできることは伝えないことにした。でも佐伯《さえき》の家族に家守神《いえもりがみ》の存在《そんざい》を教えたように、枕屏風《まくらびょうぶ》と急須《きゅうす》が家守神《いえもりがみ》だということはいっておきたかった。

いつか、佐伯《さえき》家の枕屏風《まくらびょうぶ》に残っている最後の雲が抜《ぬ》けでてきて、くるみ屋のだれかに入ることがあるかもしれない。それは、くるみ屋にその必要があると、屏《びょう》風《ぶ》が判断《はんだん》したときだ。

エピローグ

一ヶ月後。

戸隠《とがくし》から、焼きあがったぼくの皿や風花《ふうか》のマグカップが送られてきた。

「楽しい模様《もよう》だわ。わたしたち、みんなの分もあるのね」

「色もいい」

おばあちゃんとおじいちゃんは、一枚《まい》一枚《まい》をていねいに見てくれた。

「うん。でもこんど赤ちゃんが生まれたら、うちは六人家族だね。知ってたら、六枚《まい》絵付けさせてもらうんだった」

「赤ちゃんがお皿を使うようになるのは、まだずっと先だもの。幹彦《みきひこ》先生が施設《しせつ》に入っても、工房《こうぼう》や陶芸《とうげい》教室は、先生のお弟子《でし》さんのひとりが引きついでくださるんですって。夏休みにはお弟子《でし》さんとふたりで陶芸《とうげい》体験の指導《しどう》をするって、妹がいってたわ。拓《たく》ちゃんも、また夏に行って作ったらいいわよ」

おばあちゃんが、フォローしてくれた。赤ちゃんがお皿に盛《も》られたものを食べるのは、一歳《さい》くらいかな。ぼくがスプーンで食べさせたりもできるんだろうか。考えただけでわくわくする。

「そばちょこもあるといいな」

ぼくが赤ちゃんの想像《そうぞう》にひたっていたら、おじいちゃんがぼそりといった。

それを思いつかなかったのは、うっかりだった。でもまだチャンスはある。

「うん。そばちょこにも挑戦《ちょうせん》するよ。風花《ふうか》や平井《ひらい》も、夏休みスペシャル体験ツアーでまた行きたいっていってたよ」

コタの屏風《びょうぶ》にあるような草やトンボの絵のそばちょこも、いいかも。

と、ぼくはもう、そばちょこに描《か》く絵をあれこれ考えはじめていた。絵が苦手なのに、自分でもおかしい。

さっそく風花《ふうか》がマグカップを受けとりに来た。もれなく、平井《ひらい》つきだ。

「わー、自分で作ったものって、うれしいね」

マグカップを目の前にかざして、右手で取っ手を持つと、そこに描《か》かれているろくろっ首と向きあう。

「おっ、これがおれのマグカップか」

平井《ひらい》も風花《ふうか》が絵付けしたマグカップを手に、にやにやしていた。

「新《しん》ちゃん、こんどは、陶芸《とうげい》で自分の料理を盛《も》るお皿を作ったら？」

「それもいいな。それには、妖怪《ようかい》の絵はちょっとまずいけど」

「え？　この絵だめだった？」

「ちがう、ちがう！　人に出す料理の皿にはちょっとまずいかなってこと。だって、『おいしいわあ』って食べてて、最後に妖怪《ようかい》の絵が出たら、どんな凝《こ》った魚料理でもギョギョッとなるだろ。

おれは毎朝このマグカップで牛乳《ぎゅうにゅう》を飲む。身長といっしょにきっと料理の腕《うで》も・・・・・・クックックックと伸《の》びるぜ。サンキュー、風花《ふうか》」

「よろこんでもらえて、よかった」

ふたりのやりとりに、おじいちゃんとおばあちゃんもにっこり笑ってる。

「ふたりとも、夏休みの体験ツアーを首を長くして待っててよ」

ろくろっ首にならない程度《ていど》にね。

もちろん、ぼくもコタやお蝶《ちょう》さん、それに咲良《さくら》にも会いたいし。

仕事から帰ってきたママとおとうさんも座敷《ざしき》にやってきた。そしてぼくが、くるみ屋から送られてきた荷物に入っていた咲良《さくら》の手紙をみんなの前で読んだ。

「佐伯《さえき》家のみなさん、お元気ですか。

わたしは、中学生になりました。

拓《たく》くん、風花《ふうか》ちゃん、平井《ひらい》くんは六年生ですね。

くるみ屋は、旅行会社に《夏休みスペシャル体験ツアー》の登録をすませました。これからも、楽しい企画《きかく》を考えていく予定です。

こんど、夕食後にロビーで地元の音楽家による音楽会を開くことになりました。朗読《ろうどく》会も企画《きかく》しています」

まるで、お蝶《ちょう》さんのための企画《きかく》だ。

「夏休みの再会《さいかい》を楽しみにしています！」

家守神《いえもりがみ》たちがこっそり本体から抜《ぬ》けでてきて、写真を見つめている。

くるみ屋のロビーで写したセーラー服姿《すがた》の咲良《さくら》と幹彦《みきひこ》先生が並《なら》んでいる写真もあった。

その後ろには、コタの屏風《びょうぶ》。そしてお蝶《ちょう》さんの急須《きゅうす》がある。

もともとあった大壺《おおつぼ》には、桜《さくら》が生けられ、後ろの枕屏風《まくらびょうぶ》と横の急須《きゅうす》がその桜《さくら》をひきたてている。

きっとお蝶《ちょう》さんとコタは、この場所で咲良《さくら》たち一家を見守るんだろう。

時間もずっとつづいていく。

あしたがあって、あさってがあって、風花《ふうか》や平井《ひらい》とふざけたり、悩《なや》んだり。

中学生になって、高校生になって、おとなに……なるんだな。

きっと家守神《いえもりがみ》たちが見守ってくれる。でも生きるのはぼく自身だ。

拓《たく》の家《いえ》守《もり》神《がみ》調《ちょう》査《さ》記《き》録《ろく》 VOL.3

新しい「家守神《いえもりがみ》」小太郎《こたろう》に出会って、ぼくは自分の知らない佐伯《さえき》家の歴史を知ることができた。戸隠《とがくし》への旅で知ったことを、風花《ふうか》や平井《ひらい》、家守神《いえもりがみ》たちといっしょにまとめてみたよ。

教えて！ 風花《ふうか》先生！

6人目の家《いえ》守《もり》神《がみ》!?
「忍《にん》者《じゃ》」小《こ》太《た》郎《ろう》の秘《ひ》密《みつ》を大《だい》調《ちょう》査《さ》！

コタちゃんは、松の御神木《ごしんぼく》から作られた特別な墨《すみ》で、信山勘兵衛《しのやまかんべえ》に描《えが》かれた枕屏風《まくらびょうぶ》の家守神《いえもりがみ》。だから、その墨《すみ》が持つ力として語りつがれる「忍法墨流《にんぽうすみなが》しの術《じゅつ》」のように、人を動けなくさせる技が使えるんだろうね。この技で幹彦《みきひこ》先生を助けたように、これからもずっとくるみ屋旅館の“家守神《いえもりがみ》”としてがんばってほしいな！

小太郎《こたろう》（コタ）

枕屏風《まくらびょうぶ》のつくも神《がみ》。元気いっぱいな性格《せいかく》で、見かけは金魚《きんぎょ》ちゃんよりも年下に見える。人の影《かげ》に入りこみ、その人を動けなくしてしまうというスゴイ能力《のうりょく》の持ち主！

ハグロトンボ

信山《しのやま》家の枕屏風《まくらびょうぶ》に描《えが》かれていたトンボ。勘兵衛《かんべえ》がモデルにしたこのトンボは、今も日本のあちこちで飛んでいるんだって！

コタ、かっこよすぎるぜ！

家守神《いえもりがみ》の秘密《ひみつ》は、
まだまだあるかもしれないね…

家守神《いえもりがみ》のルーツにせまれ！
佐伯家《さえきけ》×信山家《しのやまけ》の交流ヒストリー

東京の佐伯家《さえきけ》と長野の信山家《しのやまけ》は、絵師・勘兵衛《かんべえ》の生きていた江戸《えど》時代からずっと、家守神《いえもりがみ》になった道具たちを通して交流があったんだ。その交流を見守ってきてくれた家守神《いえもりがみ》たちに、話を聞いてみたよ！

おれたちが描《えが》かれたのはたしか江戸《えど》のころだったな

そして、佐太吉《さたきち》さんが生まれる少し前に家守神《いえもりがみ》になったのでしたね

欠けた花瓶《かびん》を直してくれた佐吉《さきち》のことも忘《わす》れやしないよ

佐吉《さきち》だけじゃね、たっくんやみんながおらたちを大切にしてくれたべ

佐伯家《さえきけ》
- 小次郎《こじろう》
- 佐太吉《さたきち》
- ⋮
- 佐吉《さきち》
- 雄吉《ゆうきち》
- 雄一《ゆういち》
- 拓《たく》

信山家《しのやまけ》
- 勘兵衛《かんべえ》
- ⋮
- 幹彦《みきひこ》

あたくしたちを大切にしてくれた拓《たく》さんや、コタちゃんを守りつづけてくれた幹彦《みきひこ》さん。たくさんの人たちのおかげで、今があるのですよね

佐伯家《さえきけ》と家守神《いえもりがみ》たちのように、人も道具も時代をこえて受けつがれ、おたがいを支《ささ》えあって生きていくんだ。みんな、これからもずっとずっとよろしくね！

おおぎやなぎちか 作
秋田県生まれ。みちのく童話会代表。『しゅるしゅるぱん』（福音館書店）で第45回児童文芸新人賞、「オオカミのお札」シリーズ（くもん出版）で第42回日本児童文芸家協会賞受賞。児童書の創作に『どこどこ山はどこにある』（フレーベル館）、『へビくん ブランコくん』（アリス館）、『みちのく山のゆなな』（国土社）、『おはようの声』（新日本出版社）、『アゲイン アゲイン』（あかね書房）など多数。

トミイマサコ 絵
埼玉県生まれ。イラストレーター。装画を手がけた児童書に「妖怪コンビニ」シリーズ（令丈ヒロ子・作／あすなろ書房）、『コカチン 草原の姫、海原をゆく』（佐和みずえ・作／静山社）、『ふたりのラプソディー』（北ふうこ・作）、『虹色のパズル』（天川栄人・作／以上、文研出版）など多数。

〈参考文献〉

『妖怪の日本地図3 中部』千葉幹夫／監修・文　粕谷亮美／文　石井勉／絵（大月書店）
『めざせ！　妖怪マスター　おもしろ妖怪学100夜』千葉幹夫／著　石井勉／絵（子どもの未来社）
『文房四宝 墨の話』榊莫山／著（KADOKAWA）

〈監修〉
杉本紀一郎（秋田市不衡窯）

家守神⑤
忍びの里の青い影

おおぎやなぎちか 作
トミイマサコ 絵

2024年12月　初版第1刷発行
2024年12月　初版第2刷発行

発行者　吉川隆樹
発行所　株式会社フレーベル館
〒113-8611　東京都文京区本駒込6-14-9
電話　営業03-5395-6613　編集03-5395-6605
振替　00190-2-19640
印刷所　株式会社リーブルテック

216P　19×13cm　NDC913　ISBN978-4-577-05298-3

フレーベル館出版サイト　https://book.froebel-kan.co.jp

装幀：大岡喜直（next door design）

ジュースはとてもおいしかったとのことでした!